btb
Aus Freude am Lesen

btb

Buch

Ein Fußballprofi findet sich damit ab, nur auf der Reservebank zu sitzen. Ein Rockfan sucht halbherzig sein altes Idol, und ein zu allem entschlossener Tyrannenmörder wartet noch auf ein angemessenes Opfer. Burkhard Spinnens Helden haben sich mit dem Mittleren arrangiert: mit mittleren Laufbahnen, mittlerem Erfolg, mittleren Befindlichkeiten und mittlerem Alter. Aber nur einen Schritt beiseite getreten, erscheint das mittlere Maß als etwas vollkommen Unerträgliches. Und so drohen eine kleine Aufregung, ein überraschender Jahrestag oder eine harmlose Notlüge gleich furchtbare Katastrophen anzurichten. Der Mittelweg ist und bleibt der gefährlichste.

Autor

Der Schriftsteller Burkhard Spinnen, geboren 1956 in Mönchengladbach, lebt mit seiner Frau und zwei Söhnen in Münster. Sein Werk wurde vielfach ausgezeichnet, u. a. mit dem Aspekte-Literaturpreis und zuletzt mit dem Herbert-Quandt-Medien-Preis 2003.

Burkhard Spinnen bei btb

Dicker Mann im Meer. Geschichten (72207)
Belgische Riesen. Roman (72817)
Kalte Ente (73045)
Der schwarze Grat (73240)

Burkhard Spinnen

Der Reservetorwart

btb

FSC
Mixed Sources
Product group from well-managed forests and other controlled sources

Cert no. GFA-COC-1223
www.fsc.org
© 1996 Forest Stewardship Council

Verlagsgruppe Random House FSC-DEU-0100
Das FSC-zertifizierte Papier *Munken Print* für Taschenbücher aus dem btb Verlag liefert Arctic Paper Munkedals AB, Schweden.

1. Auflage
Genehmigte Taschenbuchausgabe April 2006,
btb Verlag in der Verlagsgruppe Random House GmbH, München

Umschlaggestaltung: Design Team München
Umschlagfoto: Mauritius Bildagentur
Druck und Einband: Clausen & Bosse, Leck
EM · Herstellung: AW
Made in Germany
ISBN-10: 3-442-73449-5
ISBN-13: 978-3-442-73449-8

www.btb-verlag.de

Inhalt

Der Reservetorwart 7
Glatze 17
Der Witwer 28
Sturm im Wasserglas 39
Finale 49
Die Krankheit 57
Waise 64
Training 74

Der Lebensretter 82
Ehebruch 91
Der Fan 102
Vater 111
Bankrott 116
Der Voyeur 126
Erpresser 137
Nobelpreisträger 142

Notlügen 150
Damenwahl 159
Ente Orange 169
Totschläger 173
Schmerzpatient 181
Flying Dutchman 190
Arbeitslos 203
Attentäter 210

Der Reservetorwart

Thomas Grüter hatte immer Mittelstürmer sein wollen, aber schon zu Schülerzeiten geriet er durch einen Zufall ins Tor. Seine Laufbahn begann er mit neunzehn bei einer Oberligamannschaft in der Provinz. Dort fiel er bald durch Sprungkraft und Reaktionsschnelligkeit auf; schon nach einem Jahr holte ihn ein Verein aus der Zweiten Liga. Daraufhin brach Grüter seine Berufsausbildung ab, sein Traum hatte sich erfüllt, er wurde Profi. Zuerst fungierte er zwar, wie abgesprochen, als Reservemann. Doch nach einem Leistungstief des Stammtorwarts nominierte ihn der Trainer, und gleich im ersten Spiel rettete Grüter mit einer Serie von Glanzparaden ein torloses Unentschieden gegen den Tabellenführer über die Zeit.

Als sich diese Leistung in den folgenden Spielen bestätigte, wurde die Sportpresse aufmerksam. Im Anschluss an eine Partie, bei der er in der Schlussminute einen Elfmeter hielt, wurde Grüter von zwei Fernsehstationen interviewt. Am Ende der Saison gehörte er zu den wenigen Spielern der Zweiten Liga, von denen man sprach. Niemand war überrascht, als er im Jahr darauf das Angebot eines Spitzenclubs aus der Bundesliga erhielt.

Grüter war selig. Gerade einundzwanzig Jahre alt, saß er als offiziell dritter Torwart zunächst nur gelegentlich auf der Auswechselbank. Doch beim Training und bei Freundschaftsspielen im Ländlichen stand er zwischen den Pfosten. An allen Besprechungen vor und nach den Begegnungen nahm er wie die anderen teil, nur bei den Auftritten seines Vereins im Ausland blieb er zu Hause.

So verging die erste Saison. Dann schied der Stammtorhüter wegen einer schweren Verletzung aus, und Grüter wurde vorübergehend zweiter Mann auf der Bank. Doch unter dem Druck der Öffentlichkeit verpflichtete der Verein einen Torwart von europäischer Klasse. Grüter wurde zunächst wieder auf seinen alten Posten versetzt; als aber unmittelbar darauf der zweite Torwart, enttäuscht über diese Entwicklung, den Verein verließ, wurde Grüter endgültig offizieller Reservemann.

Und dabei blieb es. Als Grüter die Mitte der zwanzig erreichte, war sein Name längst aus der Presse verschwunden. Ein paarmal hatten ihn andere Vereine abwerben wollen. Doch die ihm versprachen, er werde sofort ihre Nummer Eins, konnten nur ein Bruchteil von dem bezahlen, was er schon bekam. Während er andererseits dort, wo er besser bezahlt würde, keinerlei Garantien für einen Stammplatz erhielt. Also blieb Grüter, wo er war. Vor Spielbeginn lief er kurz nach den anderen auf, zusammen mit dem ersten Torwart machte er ein paar Lockerungsübungen, dann stand er, während der erste Mann das Tor bezog, in der Nähe der Eckfahne und parierte dort bis zum Anpfiff die Probeschüsse der Stürmer.

Von seinem Platz am linken Ende der Bank verfolgte er das Spiel. In der ersten Zeit hatte er dabei noch auf die Fehler der Nummer Eins geachtet, um die Chance seiner Nominierung abzuschätzen. Das tat er jetzt nicht mehr. Denn einmal hatte es geheißen, man dürfe einem Mann in der Krise nicht das Selbstvertrauen nehmen, dann, hastige Wechsel im Tor ermutigten nur die gegnerischen Stürmer oder brächten die eigene Abwehr ins Wanken.

Wenn Grüter nicht beim Training war oder auf der Bank, wohnte er in dem schönen, freistehenden Haus am Stadtrand, das er sich hatte kaufen können. Dort saß er gerne auf der Terrasse oder im Wintergarten, wenn seine Frau, eine Jugendliebe aus seiner Heimatstadt, durch den Garten ging, das kleine Mädchen an der Hand. Außerdem sah Grüter regelmäßig die Welt. Er fuhr mit dem Verein zu den Auswärtsspielen der europäischen Wettbewerbe, dabei hatte er in der Regel ein wenig mehr als die anderen freie Zeit für Spaziergänge und Besichtigungen. Seitdem er durch Zufall eine Vorliebe für Zinnfiguren entdeckt hatte, zog er überall wo er war durch die Fachgeschäfte und suchte nach ausgefallenen Stücken.

Grüter war siebenundzwanzig und gerade wieder Vater geworden, da wurde der Verein zum dritten Mal während seiner Zeit Deutscher Meister. Es war das in dem Jahr, in dem beschlossen wurde, die Liga für zwei Ostvereine aufzustocken. Spät am Abend der Siegesfeier saß Grüter alleine für sich in einer Ecke des Festsaals, vor sich ein Glas Champagner, und dachte über sein Leben nach. Da kam der Vereinspräsident und setzte sich zu ihm. Sie stießen an. »Bist du noch aufnahmefähig?«, sagte der Präsident.

»Klar«, sagte Grüter.

»Dann hör mal zu. Ich will, dass du es als Erster weißt: Sörensen geht nach Italien. Es ist seit einer Stunde perfekt. Morgen steht's in der Presse.«

»Wahnsinn!«, sagte Grüter. »Und wer soll für ihn kommen?«

»Keiner«, sagte der Präsident.

»Wieso?«, sagte Grüter. »Einen Torwart brauchen wir doch.« Oder ob er sich da täusche?

»Mann!«, rief der Präsident. »Du bist wirklich eine Nummer!« Er schlug Grüter gegen die Schulter. »Aber im Ernst. Der Trainer sagt, er will unbedingt einen neuen Torjäger. Und wir müssen auch ein bisschen sparen.« Man wisse ja nicht, was auf einen zukomme. Mit den Ostvereinen und überhaupt.

»Was soll das heißen?«, sagte Grüter.

»Du hast doch schon abgeschaltet«, sagte der Präsident. Er schüttelte langsam den Kopf. »Du gehst in die Bude, verstanden? Du wirst die Nummer Eins. Numero uno! Mensch, wie lange hast du darauf gewartet!«

Grüter griff nach seinem Glas. »Wie lange habe ich darauf gewartet«, sagte er.

Der Präsident stand auf. »War vielleicht nicht der richtige Moment«, sagte er. »Aber morgen ist auch noch ein Tag.«

»Klar«, sagte Grüter.

Drei Wochen später begann die Vorbereitung zur nächsten Saison mit dem Trainingslager auf einer Insel im Süden. Im Flugzeug saß Grüter neben dem Trainer. »Was dir jetzt zugute kommt«, sagte der Trainer, »das ist, dass du jeden kennst. Du weißt, wer gut ist im Strafraum und wer nicht. Das heißt nicht, du musst alles alleine machen. Bloß nicht! Terget hilft dir. Aber du trägst letzten Endes die Verantwortung. Sag ihnen, wo sie stehen sollen. Verstanden?«

Grüter wollte etwas sagen.

»Mach dir keine Sorgen«, sagte der Trainer. »Wir fangen mit den Standardsituationen an. Freistöße, Ecken und so weiter. Und dann sehen wir ja, wo es noch hapert.«

Ein paar Reihen hinter ihnen saß der Brasilianer, der gerade als Torjäger gekauft worden war. Es hatte viel Aufregung gegeben, die Ablösesumme wurde geheim gehalten. Auf dem Weg zur Toilette kam Grüter an ihm vorbei. Der Brasilianer hatte ein Lehrbuch für Deutsch auf den Knien. Er hielt Grüter am Arm, legte das Buch zur Seite, schloss die Augen und sagte langsam: »Vielen Dank. Sie waren eine angenehme Gesellschaft.«

»Großartig«, sagte Grüter. »Fantastico.« Der Brasilianer grinste ihn an.

Am nächsten Tag begann das Training. Ein paar Reporter waren dem Verein gefolgt, um den Brasilianer spielen zu sehen, doch der stand meist an der Seitenlinie, sah den anderen zu, nickte mit dem Kopf, schüttelte ihn oder lachte lautlos vor sich hin. Man solle ihn vorerst lassen, hatte der Trainer gesagt. Sonst lief alles reibungslos. Das Wetter war ausgezeichnet.

Beim ersten Training im eigenen Stadion saß ein Dutzend Fotografen hinter Grüters Tor. Jetzt spielte der Brasilianer. Bei den Standardsituationen lief er blitzschnell von der Strafraumkante in Richtung Torraum. Er war klein, kaum eins siebzig groß; halb über den Ball gebeugt, drehte er sich um die eigene Achse, urplötzlich zog er ab. Die Fotografen hinter dem Tor tanzten vor Begeisterung.

In der Nacht vor dem ersten Punktspiel konnte Grüter nicht schlafen. Nebenan versuchte die Frau, den Säugling ruhig zu halten. Grüter warf sich von einer Seite auf die andere. Später stand er auf, ging in den Keller, nahm eine Zinnfigur aus der Vitrine, hielt sie unters Licht und stellte sie zu den anderen in eine Landschaft aus Sand und Kieselsteinen.

Das erste Punktspiel war ein Heimspiel, gegen einen eher schwachen Gegner, aber natürlich ausverkauft. An den Zäunen hingen Spruchbänder mit dem Namen des Brasilianers. Grüter lief hinter Terget, dem Mannschaftskapitän, aufs Spielfeld, einen Ball unter dem Arm. Als der Stadionlautsprecher ihn als Ersten aufrief, gab es viel freundlichen Beifall.

Das Spiel wurde dann beinahe ein Desaster. Die Abwehr machte Fehler über Fehler, und obwohl Grüter sich fast die Lunge aus dem Hals schrie, musste er, zwischen vielen glänzend gemeisterten Szenen, zwei unhaltbare Schüsse einstecken. Auf der anderen Seite aber stach der Brasilianer. In der ersten Halbzeit von zwei Abwehrspielern gedeckt, zog er sich überraschend gegen die Richtung des Balles zurück, und durch die Räume hindurch, die er damit aufriss, gelang wenigstens ein Tor.

In der zweiten Halbzeit gab der Gegner die Doppeldeckung auf. Doch nun wechselte der Brasilianer von Angriff zu Angriff die Seite, mal hatte er zwei vor sich, die einander im Weg standen, mal keinen; er erzielte selbst ein Tor und bereitete ein anderes vor. Nach dem Spiel hielten sich Lob und Tadel die Waage. Einmütig aber hieß es, der Brasilianer sei eine Bereicherung für die Liga.

Am folgenden Sonntagmorgen, er saß auf der Terrasse seines Hauses, spürte Grüter, wie zornig er wurde. Die aufgeblätterte Zeitung auf seinen Knien, schloss er die Augen. Er hatte eine Drei plus in der Spielerwertung erhalten, guter Durchschnitt und besser, der Brasilianer eine Vier, länderspielreif. Grüters Frau trug den Säugling auf der Schulter durch den Garten, dabei klopfte sie ihm sanft auf den Rücken.

Grüter erinnerte sich an seine ersten Spiele im Tor, noch in der Schülermannschaft. Es war ungerecht, wie man mit den Torhütern umging. Wer ein Tor schoss, war ein Held, wer zehn verhinderte, tat nur seine Pflicht. Grüter stand auf und ging ins Haus. »Ich lasse mir jetzt nichts mehr gefallen«, sagte er leise. Er packte seine Sachen und fuhr zum Sportplatz. Als der Trainer mit den Reportern sprach, zog er den Brasilianer neben den Torpfosten. »Alberto«, sagte er. »Es wäre gut, du stehst bei Ecke hier, am ersten Pfosten.« Dazu klopfte er gegen die Aluminiumstange.

Der Brasilianer sah ihn an und legte den Kopf schief. »Ich klein«, sagte er. Dazu schlug er sich mit der flachen Hand auf das schwarze krause Haar.

Grüter nickte. Ebendeshalb. Über ihn könne er besser hinwegsehen.

Der Brasilianer zog die Oberlippe hoch, dass man seine leuchtend weißen Zähne sah. »Und Trainer?«

»Alles abgesprochen«, sagte Grüter.

Am nächsten Samstag, beim ersten Auswärtsspiel, hatte die Abwehr sich gefunden. Und der Brasilianer narrte seine Gegner. Es stand schon zwei zu null, da erhielten die anderen ihren ersten Eckball. Der Brasilianer stand am kurzen Pfosten, der Ball kam flach in den Strafraum, es gab ein Durcheinander an der Fünf-Meter-Linie. Da lief Grüter hinter den kleinen Mann, und als der Ball in Richtung Tor kam, packte er ihn um den Leib, zog ihn kräftig mit sich und rückwärts gegen den Torpfosten. Grüters Kopf schlug hart gegen das Metall. Der Brasilianer brauchte ein paar Sekunden, bis er von dem schlaff daliegenden Körper herunterkam. Ein paar Fotografen waren aufgesprungen und noch näher herangeeilt. Endlich ging der Ball ins Aus. Der Schiedsrichter winkte den Betreuern, Grüter wurde vom Platz getragen und kurz in der Kabine untersucht. Dann brachte man ihn ins Krankenhaus, wo seine Wunde genäht wurde.

Nach dem Spiel kamen Trainer und Präsident an sein Krankenbett. Der Präsident war außer sich. »Was hatte der Albert da zu suchen?«, schrie er. »Da steht er doch nur im Weg!«

Der Trainer beugte sich über Grüters Bett. »Er sagt so was wie, das hättest du ihm gesagt.«

»Das muss ein Missverständnis sein«, sagte Grüter.

»Scheiße«, sagte der Präsident. »Werd' du nur wieder gesund.« Grüter schloss die Augen.

Am nächsten Tag erschien das Bild in der Presse: wie er dalag hart neben dem Pfosten und der Brasilianer über ihm. Grüter sah in die Spielerwertung. Der Brasilianer hatte eine Fünf bekommen, Weltklasse. Die Kommentatoren überschlugen sich vor Begeisterung.

Eine Woche später wurde Grüter aus dem Krankenhaus entlassen. Aber er wurde nie wieder gesund. Ihm blieb, so beschrieb er es immer, ein dumpfer Kopfschmerz zurück, der unregelmäßig und ohne Vorwarnung auftrete, gleich sehr heftig sei und dann zu Schwindelgefühlen führe und zu grauen Schleiern vor den Augen. Man versuchte vieles, ihm zu helfen, und nichts hatte Erfolg. Kurz vor Ende der

Saison wurde seinem Antrag auf Sportinvalidität stattgegeben; der Verein und die Versicherung erfüllten ihre Verpflichtungen.

»Es war keine schlechte Saison«, sagte der Präsident auf der kleinen Feier nach dem letzten Spieltag. Grüters Verein war mit drei Punkten Rückstand Zweiter geworden, der Brasilianer mit weitem Vorsprung Torschützenkönig. »Wer weiß«, sagte der Präsident und prostete Grüter zu, »mit dir hätten wir es vielleicht geschafft.«

Grüter zuckte die Achseln. Er stieß mit allen Spielern an, zuletzt mit dem Brasilianer. Sie tranken, dann legte der kleine Mann ihm eine Hand um den Nacken und zog ihn zu sich herunter. Er küsste ihn auf den Mund.

»Ora«, sagte er. »Tomasinho. Sie waren eine angenehme Gesellschaft!«

Glatze

Mit achtzehn verlor Fribeck die ersten Haare. An einem Sommerabend kam er vom Training nach Hause. Er hatte schon kurz in der Halle geduscht, aber weil er ausgehen wollte, wusch er noch einmal ausgiebig seine Haare, die ihm damals ungefähr eine Handbreit über die Schultern fielen. Beim Durchkämmen merkte er, dass viel mehr Haare als gewöhnlich in der Bürste hingen. Er wurde ein wenig nervös, beinahe hätte er aufs Föhnen verzichtet. Den ganzen Abend fuhr er sich dann immer wieder mit der gespreizten Hand durch die Haare, und jedes Mal blieben ihm ein paar zwischen den Fingern. »Du«, hatte er zu einem Freund in der Diskothek gesagt, »ich glaube, mir fallen die Haare aus.« Aber der Freund verstand ihn nicht, die Musik war zu laut. Fribeck strich sich darauf das Haar nach hinten und machte eine verzweifelte Geste. Der Freund tippte sich an die Stirn.

Ein halbes Jahr später hatte sich Fribeck in Behandlung begeben. Er hatte seine Haare sammeln und zählen müssen, sie waren eingeschickt und analysiert worden, mehrfach hatte man ihm Blut abgenommen. »Nein«, sagte der Hautarzt schließlich, eine Krankheit liege nach allen Ergebnissen sicher nicht vor; und irgendwelche Medikamente könne er guten Gewissens nicht empfehlen. Was da auf dem Markt sei, das seien Wundermittel. Er jedenfalls glaube nicht daran.

Damit war Fribeck nicht zufrieden. Er rieb sich mit Salben ein und er nahm Tabletten, die ihm seine Mutter gekauft hatte; jeden Abend massierte er seine Kopfhaut mit einem stark riechenden Öl. Als nichts half, ging er zu einem anderen Hautarzt.

»Wie sieht denn dein Vater aus?«, sagte der Hautarzt, nachdem er Fribeck kurz mit der Hand durchs Haar gefahren war. »Auf dem Kopf.«

»Glatze«, sagte Fribeck.

»Und der Großvater? Der Vater deines Vaters.«

Fribeck erinnerte sich nicht allzu gut. Ein unscheinbarer Mann mit einem dünnen Kranz kurzer weißer Haare.

»Na dann«, sagte der Arzt. Er zog ein Buch hervor, schlug es auf und machte Fribeck ein Zeichen, er solle hineinsehen. »Jetzt mal kurz ein bisschen stark sein!«, sagte er.

Es waren Fotos, Nahaufnahmen. Der Arzt blätterte langsam. Die Fotos zeigten Köpfe mit kahlen Stellen, unregelmäßig und flammend rot, manche schuppig, manche mit dickem, weißlichem Schorf bedeckt. Andere Kahlstellen waren kreisrund, wie aus dem Schopf herausgestanzt. Und endlich Schädel, auf denen nur noch dünner, farbloser Flaum wuchs.

»Das alles hier«, sagte der Arzt, »das ist krankhafter

Haarausfall. Und seien wir ehrlich, das ist scheußlich.« Er schlug das Buch zu, dass es knallte. »Aber du«, sagte er, »du kriegst bloß eine Glatze. Eine wunderbar gleichmäßige Glatze mit glatter, straffer, glänzender Haut. Damit kann man sich abfinden.«

Fribeck wollte etwas fragen.

»Nein«, sagte der Arzt. »Keine Mittelchen. Pass nur im Sommer auf. Damit du nicht verbrennst.«

Auf dem Heimweg betrachtete Fribeck, wie dauernd in den letzten Wochen, die anderen Männer. Viele von den alten hatten eine Glatze. Und manche von denen im mittleren Alter. Aber so wenige junge. Und eigentlich niemand in seinem Alter! Fribeck blieb vor einem Schaufenster stehen. Einen Moment lang glaubte er, es sei jetzt gut, wenn er weinte. »Heul doch«, sagte er halblaut, doch dann ging er weiter zur Bushaltestelle, und das Gefühl ließ nach.

Im Bus saß er einem Mann gegenüber, der vielleicht vierzig war. Der Mann hatte seine Haare auf einer Seite sehr lang wachsen lassen, um sie über die beinahe kahle Mitte zu legen. Als er aufstand, fiel ihm eine Strähne quer übers Gesicht. Rasch strich er sie wieder zurück, und im gleichen Moment schwor sich Fribeck zu tun, was der Arzt gesagt hatte: sich mit allem abfinden und niemals einen Versuch unternehmen, die Tatsachen zu beschönigen. Und obwohl von seinem Haarausfall noch kaum etwas zu sehen war, ging er schon am nächsten Tag zum Friseur und bat, seine Haare kurz zu schneiden. Viel kürzer, als irgendeine Mode es damals erlaubte.

Der Friseur ließ Fribecks Haare durch die Hand gleiten. Er schüttelte den Kopf. Ein Jammer. Warum denn das?

»Nur so«, sagte Fribeck.

»Wie bitte?«, sagte der Friseur.

Fribeck stöhnte. »Ich muss zur Armee.«

Bis dahin war es eigentlich noch ein Jahr. Aber es ging jetzt alles sehr schnell. Natürlich war es furchtbar. Gut war nur, dass die kurzen Haare nicht alle im Kamm hängen blieben. Außerdem schüttelte Fribeck morgens als Erstes und ohne Licht zu machen sein Kissen, das machte es auch etwas leichter. Auf sein rasch dünner werdendes Haar und die tiefen Geheimratsecken angesprochen, sagte er später, er vertrage wohl den Stahlhelm und die Gasmaske schlecht. Dann nickten die Leute; dabei verbrachte Fribeck beinahe seine ganze Dienstzeit in einem Büro.

Doch viele waren es nicht, die ihn ansprachen. Rasch hatten sich nach dem Abitur die Schulfreunde verlaufen; Fribecks erste Liebe ging klaglos in die Brüche. Als er mit gerade mal zwanzig in die Universitätsstadt zog, da wuchsen in der Mitte seiner Schädeldecke nur noch ganz wenige dünne Haare, und die ließ er noch kürzer schneiden als den verbliebenen Haarkranz, so dass man sie gar nicht bemerkte. Alle lernten ihn so kennen, auch seine zweite Liebe.

Fribeck absolvierte sein Studium in normaler Zeit und ergriff, wieder in einer anderen Stadt, einen Beruf. Er heiratete seine dritte Liebe, Kinder bekamen sie leider nicht. Und längst sah er bis auf seine alten Eltern und eine etwas verwirrte Tante niemanden mehr, der ihn mit vollem Haar gekannt hatte. Fotos aus dieser Zeit gab es zwar, aber es waren nicht viele, und niemand bat ihn, dass er sie zeige. Fribeck wurde vierzig, was er noch leicht nahm, dann wurde er fünfundvierzig, was ihm ziemlich zu schaffen machte. Am Abend seines Geburtstages Ende Januar hätte er beinahe geweint.

In der Nacht schlief er schlecht, obwohl er wenig getrunken hatte. Und am Morgen, es war ein Sonntag, wurde ihm bewusst, dass er seit einiger Zeit fast dauernd an irgendetwas auf seinem Kopf fasste, kratzte und zog. Er stand lange nicht auf, um seine Frau nicht zu wecken. Endlich schlief er wieder ein. Beim Frühstück stöhnte seine Frau. »Was hast du denn?«, sagte sie. »Lass das doch!«

Fribeck ging wortlos ins Bad. Und im Spiegel sah er, dass da ein etwa zwei Zentimeter langes und äußerst kräftiges, ja regelrecht borstiges Haar links oben auf seiner Stirn wuchs, genau auf der Linie, an der entlang einmal der Haaransatz verlaufen war. Fribeck wunderte sich kaum; doch da er das Haar mit einer Pinzette ausriss, schrie er laut auf, es stiegen ihm Tränen in die Augen. Als er wieder beim Frühstück saß, schüttelte seine Frau den Kopf. Da sei Blut auf seiner Stirn. »Mach das bitte weg!«, sagte sie.

»Ja«, sagte Fribeck. »Natürlich. Gleich.« Aber er musste sich hüten, die Stelle zu berühren, so schmerzte sie.

Nach einer Woche gab es dann keinen Zweifel mehr: Das Haar wuchs nach. Und rechts wie links von ihm, genau entlang des ehemaligen Haaransatzes, wuchsen andere, ebenso kräftige Haare. Anfangs riss Fribeck sie alle aus, sobald er sie packen konnte. Manchen musste er vorher mit einer kleinen Klinge heraushelfen, sie wuchsen unter der Haut daher, dick und schwarz. Nach ein paar Wochen aber ließ Fribeck die Haare, er konnte die Schmerzen nicht mehr ertragen. Es war ihm, als wurzelten diese Haare sehr tief; wenn er sie ausriss, stach es ihn regelrecht, irgendwo im Körper, jedes Mal anderswo und jedes Mal schlimmer.

Allerdings fürchtete Fribeck jetzt, man könne, ja man müsse glauben, er habe, und mit lächerlichem Erfolg, eine Transplantation vornehmen lassen. Die neuen Haare wuchsen nämlich in Büscheln mit auffallend regelmäßigen Abständen. Am Anfang hielt Fribeck sie kurz geschnitten, doch da standen sie wie ein schwarzer Palisadenwall um die weiterhin kahle Mitte. Also ließ Fribeck sie wachsen; und da er nicht wollte, dass sie ihm in die Stirn fielen, musste er sie sorgfältig zurückkämmen. Jedes Mal dachte er dabei an den Mann von damals im Bus, und manchmal schauderte ihm. Zum Friseur ging er nicht mehr; er hatte Angst vor dem, was dabei zur Sprache kommen musste. Stattdessen kaufte er eine elektrische Haarschneidemaschine. Dass tatsächlich weder an seinem Arbeitsplatz noch sonst wo jemand eine Bemerkung machte, hielt Fribeck für einen erstaunlichen Akt der Schonung. Dass seine Frau nichts sagte, wunderte ihn noch mehr. Sie hielt sonst sehr auf Äußerlichkeiten, und er hatte diesen Zug an ihr immer geschätzt.

Fribeck selbst stand freilich Stunden vor dem Spiegel im Bad und betrachtete fassungslos, was da geschah. Nach etwa drei Monaten setzte sich der neue Haarwuchs nach hinten hin fort. Die frischen Haare standen jetzt einzeln, im Abstand von etwa einem Zentimeter, und da Fribeck in jeder Sekunde, die er sich unbeobachtet glaubte, darüber strich, schmerzten fast dauernd ihre Wurzeln, so wie am Morgen nach schwerem Trinken. Zu Beginn der Sommerferien wollte Fribeck aus Verzweiflung alle neuen Haare mit der Maschine ganz kurz schneiden, doch plötzlich bekam er Angst und ließ es sein. Aus dem Urlaub zurück, ging er zu seinem alten Friseur. Er wollte notfalls eine Andeutung machen; vielleicht wusste der Mann ja Rat. Aber es bediente ihn eine Aushilfskraft, und die verstand ihn nicht, so deutlich er auch wurde.

Am gleichen Abend, als Fribeck und seine Frau noch zusammensaßen, fragte er sie endlich, ob ihr denn wirklich nichts an ihm auffalle.

Sie sah ihn an. »Nein«, sagte sie. Was es denn sei?

»Mein Gott!«, rief Fribeck. »Meine Haare! Siehst du denn nicht! Schau doch bitte. Meine Haare wachsen wieder!« Er beugte den Kopf vor und schlug sich mit den Knöcheln auf den Schädel.

»Ja«, sagte die Frau. »Ein paar. Die sehe ich schon. Aber da hattest du doch immer noch welche. Du hast sie nur so kurz schneiden lassen.«

Fribeck fluchte laut und lief aus dem Haus. Es stand nicht gut um seine Ehe, seit Jahren nicht und aus vielerlei Gründen. Und während er an diesem Abend in einem Lokal saß, überlegte er zum wiederholten Male, ob eine Trennung, gegebenenfalls auf Zeit, nicht für beide das Beste sei. Dann ging er, schon angetrunken, ins Bahnhofsviertel. Er wollte in ein Bordell, brachte aber nicht den Mut auf und blieb die Nacht über in einer kleinen Pension.

Am nächsten Morgen kehrte Fribeck nach Hause zurück und versuchte alles zu erklären. Es liege an diesen Haaren, sagte er. Die brächten ihn vollkommen durcheinander. Seine Frau nannte ihn verrückt. Später wurde nicht mehr darüber gesprochen; doch im Laufe der Zeit erwies sich Fribecks Ehe als unrettbar, und kein halbes Jahr später verließ ihn seine Frau nach einem wütenden Streit.

Fribecks neue Haare wuchsen derweil weiter. Sie standen jetzt bereits im Abstand von weniger als einem halben Zentimeter, und sie blieben stark und borstig. Sie zu kämmen war auf Dauer unmöglich. Und obwohl Fribeck, der jetzt recht beengt zur Untermiete wohnte, alles Mögliche versuchte, standen sie ihm nur gerade und schmerzhaft vom Kopf. Als ein junger Mann aus seiner Abteilung, der sich für eine Aufbaumaßnahme im Osten gemeldet hatte, mit einer kleinen Feier verabschiedet wurde, hielt Fribeck es nicht mehr aus und nahm einen der alten Kollegen beiseite.

»Meine Haare«, sagte er. »Sie wachsen wieder. Ich weiß nicht, was ich tun soll.«

»Stimmt«, sagte der Kollege. »Jetzt, wo du es sagst!«

»Na endlich«, sagte Fribeck.

Der Kollege lachte. »Sehr merkwürdig«, sagte er, dann schlug er sich auf den Schenkel. »Setz dich in heißes Badewasser und füll es in Flaschen. Vielleicht wirkt es bei anderen auch. Wenn ja, verdienst du ein Vermögen.«

Sehr komisch sei das nicht, sagte Fribeck.

»Im Ernst!«, sagte der Kollege. »Oder lass wenigstens einen jungen Arzt darüber promovieren. Dann gehst du in die Geschichte ein.«

Ein paar Wochen später ging Fribeck tatsächlich zu einem Hautarzt. Von seiner Glatze redete er nicht, nur von den Schmerzen. Der Arzt untersuchte ihn, riss ihm eines der Haare aus, Fribeck schrie, das Haar wurde eingeschickt, eine Blutuntersuchung veranlasst. »Ein normales Haar«, sagte der Arzt, als die Ergebnisse vorlagen. »Ziemlich kräftig, ja.« Aber das komme vor.

»Und was soll ich tun?«, sagte Fribeck.

»Wieso tun?«, sagte der Arzt. Er solle sich freuen. Viele Männer in seinem Alter hätten längst eine Glatze.

Fribeck suchte daraufhin einen Spezialisten auf und erzählte ihm die ganze Geschichte. Der Spezialist hörte ihn an, fasste ihm ins Haar und sah auf die Kopfhaut. »Sie belügen mich«, sagte er dann. »Ausgefallene Haare wachsen nicht wieder nach, das ist erwiesen. Ich sage Ihnen etwas: Sie wollen sich wichtig machen. Das ist Ihr gutes Recht. Aber machen Sie es auf eine andere Art. Und wenn Sie das nicht können, gehen Sie zum Psychiater.«

»Ich habe Fotos«, sagte Fribeck. »Fotos, auf denen ich kahl bin.«

»Natürlich haben Sie solche Fotos«, sagte der Spezialist. »Sonst würden Sie sich ja nicht hierher trauen.«

Fribeck wollte protestieren. Er werde schon Gehör finden. Plötzlich war er ganz kurz davor, sehr laut und ausfallend zu werden.

Doch dann ging er ohne ein Wort. Nein, hatte er sich gesagt. Nein! Solche Behandlungen musste er aus eigener Tasche bezahlen. Dabei ließen ihm die Unterhaltsleistungen momentan nur das Nötigste zum Leben. Und überhaupt! Die Zeit war einfach nicht gut gewählt. Er musste jetzt warten können. Am besten: er ließe das alles auf sich beruhen.

Langsam ging Fribeck nach Hause. Und wieder in seinem kleinen Zimmer, schor er sich alle Haare so kurz wie es nur eben ging. Es tat so gut wie gar nicht weh. Anschließend rasierte er seinen Schädel. Es hatte zu regnen begonnen. Fribeck öffnete das Fenster und hielt seinen Kopf hinaus, so weit wie möglich.

Ein paar Tage nach dem Scheidungsspruch besuchte Fribeck seine Eltern in einem Altersheim seiner Heimatstadt.

Beim Abschied strich ihm die Mutter über den Kopf. »So kurz«, sagte sie. »Muss das denn sein?« Ob er noch wisse, was für schöne Haare er früher gehabt habe? »Ganz lang«, sagte die Mutter, »fast bis auf die Schulter.«

»Ja, Mama«, sagte Fribeck. »Ich erinnere mich.«

»Haben wir uns damals aufgeregt«, sagte der Vater. »Unser Sohn! Und jetzt!« Er lachte. Aber da könne man gar nichts machen. Er reichte Fribeck die Hand. So etwas liege nun einmal im Blut. »Denk einfach nicht dran«, sagte er. »Das ist jedenfalls nicht deine Schuld.«

Der Witwer

Niemals hatte sich Schürings vorstellen können, einmal Witwer zu sein. Natürlich wusste er längst, was ein Witwer war. An seinem Schulweg hatte ein Altersheim gelegen, mittags saßen dort alte Männer und riefen den Schulkindern hinterher. Das seien Witwer, hatte die Mutter gesagt, denen sei die Frau gestorben. Witwer, hieß es, sollte keiner sein. Schürings' beide Großväter waren vor seinen Großmüttern gestorben. Ihr Glück, sagte Schürings' Vater, und er wünsche sich bloß, es ginge ihm auch so.

Schürings war jetzt Witwer. Vor fünf Jahren, mit Anfang dreißig, hatten sie geheiratet. Zuvor hatten sie ein paar Jahre zusammengelebt, ganz selbstverständlich. Plötzlich drohte eine Versetzung, da waren sie zum Standesamt gegangen, um einen Termin zu beantragen. Und vor drei Monaten war Carola, Schürings' Frau, von einem Auto überfahren worden.

Er hatte die Nachricht im Büro erhalten. Es hatte geklopft, ein Polizist war eingetreten, hatte seinen Namen gesagt und gefragt, wer von ihnen Walter Schürings sei. Schürings war aufgestanden, der Kollege war sitzen geblieben. Ob er ihn allein sprechen könne?, hatte der Polizist gesagt, da war der Kollege hinausgegangen.

Zuerst hatte Schürings stumm dagesessen. Sein Kopf hatte wohl gebrannt, daran erinnerte er sich. Ob er geweint hatte, wusste er nicht. Sicher hatte er irgendetwas gebrüllt; er schämte sich jetzt dafür. Später hatte er Fragen gestellt. Ja, hieß es, vermutlich sei der Fahrer betrunken gewesen, natürlich, seine Personalien seien registriert. Der Prozess beginne aber frühestens in einem halben Jahr.

Schürings saß jetzt vor dem Fernseher und sah die Nachrichten. Die Arbeitslosenquote sei wieder gestiegen, sagte der Sprecher. Das nächste Bild zeigte eine Menschenmenge, davor Zahlen und eine Tabelle. Die aktuelle Statistik. Schürings wollte den Apparat ausschalten, aber er fand die Fernbedienung nicht. Ein Stapel Zeitschriften kam ins Rutschen. Schürings fluchte leise. Er müsste wohl oder übel eine Frau einstellen, die ihm ein bisschen Ordnung machte. Besonders in der Küche und im Bad. Als er die Fernbedienung gefunden hatte, wurde längst eine andere Meldung verlesen.

»Statistik«, sagte Schürings laut. Die Nachrichten waren ja derart verliebt in Stastik. Aber niemanden konnte eine Statistik trösten! Ein besoffener Mistkerl hatte seine Frau überfahren. So war das und nicht anders. Wäre er dabei gewesen, er hätte den Kerl aus dem Wagen gezerrt und umgebracht, auf der Stelle. Schürings stand auf. Wie der lallen würde! Nichts gesehen, keine Absicht. Stinkender

Atem und Schweiß auf der Stirn. An den Haaren würde er ihn aus dem Wagen ziehen, das Gesicht nach unten gedrückt. Dann würde er ihn zu einer Wand schleifen, oder zum Bordstein, und er würde den Kopf dagegen schlagen. Bis es genug wäre, ohne ein Wort und ohne zu zögern. Später käme die Polizei, wahrscheinlich nähme man ihn gleich mit; sagen würde er jedenfalls nichts. Im Prozess bereute er dann alles zutiefst; er ist wohl nicht mehr bei sich gewesen. Schließlich sprechen sie ihn frei. Allerhöchstens bekommt er eine Strafe zur Bewährung.

Schürings schaltete den Fernseher aus, holte seine Jacke und verließ die Wohnung. Vor dem Lokal in der Parallelstraße hielt er kurz an; hierhin waren sie gegangen, wenn einer vergessen hatte einzukaufen. Häufig war das nicht passiert. Schürings lachte leise. Und natürlich immer nur ihm. Er ging weiter in Richtung Innenstadt. Es war ruhig in den Straßen, die Schulferien waren noch nicht zu Ende, und seit Tagen war es ziemlich heiß. Vor einem Kino las Schürings die Plakate. Ein, zwei Filme hätte er gerne gesehen, aber entweder hatten sie schon begonnen, oder sie fingen erst in einer Stunde an.

In der Hauptgeschäftsstraße hatte vor wenigen Tagen eine neue Passage eröffnet. Ein Projekt aus der Vorwendezeit, das sich jetzt, bei leeren Kassen, nur mit Ach und Krach noch hatte realisieren lassen. Am Eingang der Passage standen Wachleute in Uniform neben einem erleuchteten Wegweiser mit den Namen der Geschäfte.

Schürings trat ein und fuhr die Rolltreppen hoch, mitten durch einen breiten Lichthof hinauf in den fünften Stock, von da führte ein leicht abschüssiger Weg an den Geschäften vorbei in einer lang gezogenen Spirale hinab. Alles war längst geschlossen, aber die Passage war voller Menschen.

Ab und an blieb Schürings stehen. Wenn er mit Carola an Geschäften vorbeigegangen war, hatte sie ihm Dinge gezeigt, die sie demnächst kaufen werde. Anfangs hatte er protestiert, dafür hätten sie kein Geld; später verstand er es: Carola sagte kaufen, wenn ihr etwas gefiel. Schürings lachte leise. In der Auslage eines Geschäftes für Küchengeräte stand ein Holzblock, in dem Messer mit gleichen Griffen steckten. Daneben waren blinkende Kupferkessel zu einer Pyramide gestapelt.

»Dreck«, sagte Schürings halblaut. Er ging weiter an den Geschäften entlang. Jetzt war niemand darin, aber über Tag saßen sie da und warteten. Zum Beispiel auf ihn!

Denn er sollte ja kaufen. Weiter kaufen, jetzt und immer: Lebensmittel, natürlich, und was man so dringend braucht. Aber dann auch noch dies und jenes und das und das auch! Schürings überlegte: Ob er sich schwören könnte, es nicht mehr zu tun? Nie mehr zu kaufen? Nichts. Wenn er wirklich eine Frau einstellte, könnte die es erledigen. Er würde ihr Listen schreiben. Und er selbst beträte nie wieder ein Geschäft, nicht einmal im Notfall.

Vielleicht würde er sogar aufhören, Geld bei sich zu tragen.

Er war über diesem Gedanken rascher gegangen. Bald war er am Ausgang der Passage angekommen, und wieder ging er an den Wachleuten vorbei. »Passt schön auf die Sachen auf«, sagte er leise und sah dabei zu Boden, da stieß er mit einer jungen Frau zusammen, die vor dem beleuchteten Wegweiser stand.

»Entschuldigung«, sagte er.

Die Frau hatte einen Notizblock fallen lassen. Schürings hob ihn auf und gab ihn ihr. Er legte die Hände zusammen. »Bitte«, sagte er. »Gehen Sie nicht hinein. Es ist alles geschlossen.«

Die junge Frau sah ihn an. »Ich weiß«, sagte sie. »Ich will auch nichts kaufen.« Sie hielt den Notizblock hoch. »Ich bin von der Zeitung. Ich schreibe nur darüber.« Sie wies ins Innere der Passage.

Schürings sah die Frau an. Sie war sicher viel jünger als er. »Ein Stimmungsbericht«, sagte er. »Für das Sommerloch?«

Die Frau zuckte die Schultern.

»Ich kann Ihnen eine Stimmung vermitteln«, sagte Schürings. »Ich bin gerade da durchgegangen. Von ganz oben alle fünf Stockwerke herunter. Und«, er hob einen Finger, »ich bin Witwer.«

»Wie meinen Sie das?«, sagte die Frau.

»Wie ich das meine!«, rief Schürings. »Sagen Sie bloß,

Sie kennen das Wort nicht. Meine Frau ist tot.« Er wies nach draußen. »Ein Opfer des Straßenverkehrs. Und seitdem kaufe ich nicht mehr ein.«

»Das tut mir leid.« Die junge Frau steckte den Notizblock in eine Umhängetasche.

»Nein«, sagte Schürings. »Ich muss mich entschuldigen.«

»Kann ich etwas für Sie tun?«

Schürings schüttelte den Kopf. Sah die Frau eigentlich gut aus? Einen Moment glaubte er, das nicht mehr sagen zu können. Er war ja Witwer. »Oder doch!«, rief er. »Lassen Sie mich einfach neben Ihnen hergehen. Ich störe Sie auch ganz bestimmt nicht. Wir müssen nicht einmal sprechen.«

Die junge Frau sah zu den Wachleuten.

Schürings lachte sie an. »Sie sind hier vollkommen sicher.«

Die Frau lachte zurück, und er bot ihr seinen Arm. »Nur bis zur Rolltreppe?« Sie nahm ihre Tasche über die andere Schulter und hängte sich ein.

Schweigend fuhren sie hinauf. Oben angekommen, lehnte sich die Frau ein wenig über das Geländer und sah an den Rolltreppen vorbei hinunter. »Ziemlich tief«, sagte sie und zog den Notizblock wieder aus der Umhängetasche.

»Stimmt«, sagte Schürings. »Da springen später die enttäuschten Käufer in den sicheren Tod.« Die Frau wandte sich zu ihm.

»Vergessen Sie es. Ich wollte das nicht sagen.« Er wies in den Gang. »Wollen wir?«

Sie gingen jetzt langsam noch einmal den Weg, den Schürings gegangen war. Hin und wieder blieb die Frau stehen, sah in ein Geschäft oder machte sich Notizen. Er blieb nahe bei ihr. Einmal schien es ihm, als stellte sie sich mit Absicht eng neben ein Paar, das über eine schwarze Ledercouch sprach.

»Haben Sie gelauscht?«, sagte er, als das Paar weitergegangen war.

Die Frau zuckte die Schultern. Sie zeigte auf eine Lampe, die aussah wie ein Flugzeug und nur an einem dünnen Draht hing. »Wie wohl der Strom da reinkommt?«

»Keine Ahnung«, sagte Schürings.

Nach einer guten halben Stunde standen sie wieder am Ausgang der Passage. Schürings machte eine Handbewegung. Ob sie jetzt ihre Eindrücke zusammenhabe?

Die Frau wiegte den Kopf. »Kommt drauf an. Ich gehe jetzt nach Hause und schlafe eine Nacht drüber. Morgen stehe ich ganz früh auf, setze mich an den Schreibtisch, und dann muss es sich zeigen.«

»Darf ich Sie noch zu etwas einladen?«

»Ich weiß nicht«, sagte die Frau.

Sie waren schon auf den Bürgersteig getreten. Von hier aus sah man durch eine schmale Glasfront in die hellen Stockwerke der Passage.

»Ich bin Witwer«, sagte Schürings. »Tun Sie mir den Gefallen.«

Die Frau sah auf die Uhr. »Aber nur kurz.«

»Schön«, sagte Schürings. »Wie heißen Sie eigentlich?« Er bot ihr wieder den Arm.

»Julia.« Sie schüttelte den Kopf, und Schürings wies rasch auf die andere Straßenseite; dort sei ein Lokal, das er kenne. Sie gingen hinüber. Er hielt die Tür auf, die Frau trat ein, da blieb er stehen und sah zurück. »Ich weiß bis heute nicht, wie es passiert ist«, sagte er. »Sicher hat sie nicht aufgepasst. Sie hat irgendwas im Kopf gehabt und ist losgelaufen. Alle die Besorgungen, wissen Sie? So was geht hundertmal gut und einmal nicht.«

Die Frau war wieder zurückgekommen. »Wie lange ist es denn her?«

»Drei Monate«, sagte Schürings. »Seitdem bin ich Witwer.« Er ging jetzt voran in das Lokal, sie setzten sich an die hintere Schmalseite einer langen Theke. Schürings fragte, dann bestellte er für beide.

»Es muss ja nicht so bleiben«, sagte die Frau. »Sie sind doch noch jung.«

»Ja.« Schürings überlegte. Sie hatte Recht. Ende dreißig, das ist doch kein Alter.

Die Getränke wurden gebracht, sie tranken einander zu. Dann sprachen sie über die Arbeit bei der Zeitung. Sie sei bislang nur Hospitantin, sagte die Frau, aber das Schreiben mache ihr wirklich Spaß. Und man habe ihr ein Volontariat in Aussicht gestellt. Schürings nickte; ja, er war sich jetzt sicher: Alles in allem sah sie sehr gut aus. Und Julia war doch ein schöner Name.

Die Frau erzählte, wie sie sich in der Redaktion selbst einen winzigen Schreibtisch frei geräumt hatte. Und den PC müsse sie mit sage und schreibe vier Kollegen teilen. Überhaupt gehe es da völlig chaotisch zu. Im Grunde so, wie man sich das immer vorstellt.

»Sie müssten erst meine Wohnung sehen«, sagte Schürings.

Die Frau zog die Augenbrauen hoch. Schürings fühlte sich rot werden. »Briefmarkensammlung«, sagte er leise. Dann lachte er. »Ich bin nur nicht sicher, ob ich sie finde. Bei mir liegt nämlich alles kreuz und quer.«

Die Frau sah wieder auf die Uhr, dann legte sie ein Geldstück auf die Theke.

»Entschuldigung«, sagte Schürings. »Das sollte ein Scherz sein. Sie müssen ja jetzt über alles schlafen.« Er trank sein Glas leer, winkte dem Kellner und zahlte. Die Frau war indessen aufgestanden; an der Tür holte er sie ein, draußen ging er noch ein Stück weit neben ihr her. Dann deutete sie auf das Schild einer Bushaltestelle.

»Richtig«, sagte Schürings. Sie waren stehen geblieben. »Übrigens. Haben Sie schon einen Aufhänger?«

»Einen was?«

»So sagt man doch. Der Aufhänger. Für Ihre Geschichte aus der Passage.«

»Nein«, sagte die Frau. »Einen Aufhänger habe ich nicht.«

»Dann beginnen Sie doch so«, Schürings trat einen Schritt zurück, räusperte sich und streckte einen Arm aus. »Gerade war es dunkel geworden, aber die Hitze lag noch über der Stadt. Da stieß ich am Eingang des glitzernden Konsumpalastes unversehens auf einen Witwer«, er legte die Hand auf die Brust, »der sich die Zeit totschlug. Sofort bot er an, mich zu begleiten. – Wie finden Sie das?«

»Nicht gut.«

Schürings nickte. »Dann will ich mich mal verabschieden.«

Die Frau reichte ihm die Hand. Er nahm sie kurz, dann wandte er sich ab und ging davon. Er bog in die nächste Querstraße und begann zu laufen; erst als er Schmerzen in der Seite bekam, wurde er langsamer. Vor dem Eingang einer U-Bahn-Station hielt er kurz inne. Dann stieg er hinunter. In der Mitte des Bahnsteigs stand ein Kiosk, dessen Fenster voller Zeitschriften hingen.

Schürings überlegte. Morgen würde sie sich also hinsetzen und schreiben, dann stünde es frühestens übermorgen in der Zeitung. Julia hieß sie! Er schlug sich an den Kopf. So eine Dummheit! Er hatte doch tatsächlich vergessen zu fragen, für welche Zeitung sie schrieb. Oder war es eine Zeitschrift gewesen?

»Das macht nichts«, sagte Schürings leise. Er setzte sich auf eine Bank. Ein paar Tränen liefen ihm übers Gesicht.

Zwei junge Mädchen, die vorbeigingen, hörten auf zu reden und sahen ihn an.

»Das macht nichts«, sagte er noch einmal. Dann fuhr er sich übers Gesicht. Er schaute hinüber zu dem Kiosk. So viel, das in Frage käme, gab es ja nicht! Und was er tun musste, war vollkommen klar. Er würde einfach alles kaufen.

Sturm im Wasserglas

Mit fünfunddreißig schrieb Bendewaldt einen Roman, und der wurde ein Bestseller. Mit neunundzwanzig hatte er einen Gedichtband veröffentlicht und dafür einen sehr renommierten Literaturpreis erhalten. Nicht viel später gab er sein Jurastudium auf. Er verfasste Kritiken und Essays, gelegentlich gestaltete er das literarische Nachtprogramm eines Senders. Mit einunddreißig schrieb er einen weiteren Gedichtband, der gut aufgenommen wurde, aber keinen bedeutenden Preis bekam. Die nächsten Jahre waren sehr hart, es fehlte an allem, und endlich stellte sich Bendewaldt die Existenzfrage; da setzte er sich hin und schrieb den Roman. Er hieß *Sturm im Wasserglas*.

Zur Buchmesse erschien eine Rezension in der führenden Zeitschrift; der Kritiker sprach vom traurigen Handbuch einer schicksalslosen Generation. Drei Tage später behauptete ein anderer Kritiker in der größten Tageszeitung das Gegenteil: Aus der Ereignislosigkeit leuchte die Humanität. Kurz darauf war die erste Auflage vergriffen, der Verlag ließ eiligst nachdrucken.

Bendewaldt stand jetzt im Mittelpunkt des Interesses. In der Messekoje des Verlags gab er Rundfunkinterviews, der

Verleger improvisierte eine Präsentation. Es kamen zweihundert Leute in die Buchhandlung, die Veranstaltung begann mit einer halben Stunde Verspätung, weil noch Stühle besorgt werden mussten.

Als Einleitung sagte der Verleger, ja, alle seien überrascht, aber für ihn sei es wieder ein Beweis, dass Qualität sich durchsetze. Dann las Bendewaldt ein Kapitel aus seinem Roman; es handelte von der Reaktion eines Jungen auf die Geiselnahme bei den Olympischen Spielen in München. Anschließend meldeten sich Zuhörer und erzählten, wie sie es erlebt hatten. Zwei Fernsehredakteure kamen und wollten Features über ihn drehen. Einer entwickelte sogar schon kurz das Konzept. Später, auf dem Weg zu einem Weinlokal, zog der Verleger Bendewaldt zur Seite; er habe eben telefoniert, die dritte Auflage werde noch in der Nacht ausgeliefert. Außerdem erhöhe er das Honorar von zehn auf zwölf Prozent. Was er denn dazu sage?

»Danke«, sagte Bendewaldt. Wunderbar.

Zu der Runde im Weinlokal gehörte auch ein Kritiker. Er las aus seiner Besprechung von Bendewaldts Roman, die am nächsten Tag erscheinen würde. Die Besprechung sollte überschrieben werden mit »Ordnung und spätes Glück«. Bendewaldt bat um das Manuskript und steckte es ein, später nahm er es mit auf die Toilette und las es dort langsam durch. Er war ein wenig angetrunken. »Wunderbar«, sagte er beim Lesen.

Noch vor Mitternacht verabschiedete sich Bendewaldt. Gerade waren zwei Frauen gekommen, die Buchwerbung in Unternehmen machten. Sie würden sein Buch auf die Nummer Eins setzen, sagten sie. So etwas spreche auch Menschen an, die sonst nicht viel auf Gefühle gäben. »Vielen Dank«, sagte Bendewaldt, schon im Stehen, und suchte sein Portemonnaie. »Nicht«, sagte der Verleger. Man beschrieb ihm noch einmal den Weg ins Hotel. »Auf Wiedersehen«, sagte Bendewaldt. »Und danke für alles.«

Draußen war es kühl. Bendewaldt fühlte sich nicht ganz wohl, er hatte den Tag über kaum etwas gegessen. Er atmete tief ein und aus, da wurde es noch schlimmer. Er sah sich um. Die Straße war menschenleer, rechts und links Geschäfte; es sah eines aus wic das andere.

Plötzlich durchfuhr es ihn. Heute war alles noch gut gegangen. Aber das konnte nur ein Zufall sein. Er sah die Gesichter der Zuhörer vor sich. Die meisten waren in seinem Alter gewesen. Beim Signieren hatten ihm mehrere gesagt, es passe alles wie die Faust aufs Auge, und sie empfänden genauso. Ein Mann mit runder Brille hatte ihm lange die Hand gedrückt.

»Bah«, machte Bendewaldt. So war das kein Problem. Aber wenn nun jemand dabei gewesen wäre, der ihn nach Literatur gefragt hätte! Zum Beispiel nach seiner Theorie der Prosa. Dann wäre er schön dagestanden. Prosatheorie!

»Habe ich nämlich nicht!«, sagte Bendewaldt laut. Er spürte ein Gefühl im Magen. Bei den Gedichten war das natürlich anders gewesen. Und außerdem eine ganz organische Entwicklung: zuerst die Faszination der Vorbilder, Hölderlin besonders, dann die Auseinandersetzung mit der Moderne; später endlich die Versöhnung von Poesie und Alltagsrede. Er hatte selbst ein paar Essays darüber geschrieben.

Aber Prosa! Bendewaldt trat an eines der Schaufenster, in dem drei Puppen standen, denen nur weiße Tücher um die Schultern hingen. »Ich habe keine Ahnung von Prosa«, sagte er. Nicht die geringste.

Als er weiterging, wurde ihm noch schlechter. Er kam an einen kleinen Spielplatz inmitten der Fußgängerzone, und dort erbrach er sich in einen Abfalleimer. Dann setzte er sich auf eine Bank. Er schämte sich. »Immer noch besser als in den Sandkasten«, sagte er für sich. Dann dachte er nach. War sein Buch eigentlich sentimental? Er ging in Gedanken die Kapitel durch. Nein, nicht sentimental. Und auch nicht zynisch. Er hatte einfach alles so aufgeschrieben, wie es gewesen war. »Jawohl!«, rief Bendewaldt laut. »Einfach alles aufgeschrieben.« Er hob einen Arm. »Mit links!« Prosa kann schließlich jeder. Da muss man nicht bei jedem Wort darauf achten, ob es auch richtige Literatur ist.

»Und dennoch sagt der viel, der Abend sagt«, sagte Bendewaldt leise. Er stand auf. Es schlug jetzt mehrfach zwölf. Er überlegte: Die dritte Auflage waren wieder mindestens fünftausend Stück. Mal zwölf Prozent? Er schloss die Augen und rechnete im Kopf, dabei wurde ihm schwindlig. Beinahe wäre er gefallen, da griff ihm von hinten jemand um die Arme und setzte ihn wieder auf die Bank.

»Danke«, sagte Bendewaldt.

Vor ihn trat ein Mann. »Betrunken?«, sagte er.

»Nein.« Bendewaldt schüttelte vorsichtig den Kopf. »Schlimmer. Ich bin verloren. Ich habe keine Theorie. Jedenfalls keine für Prosa.«

»Was Sie nicht sagen.«

»Nichts!«, rief Bendewaldt. »Nicht einen einzigen brauchbaren Satz.«

»Nicht so laut«, sagte der Mann. »Man könnte Sie hören. Und außerdem, wenn es Sie tröstet: Ich habe auch keine.«

»Wie bitte?«, sagte Bendewaldt.

Der Mann setzte sich neben ihn auf die Bank und gab ihm ein Papiertaschentuch. »Sie haben da etwas am Mund.«

Bendewaldt wischte es fort. »Das mit der Theorie«, sagte er dann. »Wie meinen Sie das: Sie haben auch keine?«

»Vielleicht darf ich mich vorstellen«, sagte der Mann. »Jakob Weber. Weber wie der Beruf. Sie haben vielleicht schon mal von mir gehört?«

»Sicher«, sagte Bendewaldt. »Tut mir leid. Ich habe alle Ihre Bücher gelesen. Zuletzt *Ding der Unmöglichkeit.*« Er reichte dem Mann die Hand. »Bendewaldt«, sagte er. »*Sturm im Wasserglas.*«

»Ich weiß«, sagte Weber. »Sie hatten heute eine Präsentation. Meinen herzlichen Glückwunsch.«

»Danke.« Bendewaldt schnippte mit den Fingern. »Aber Sie? Wie machen Sie es?«

»Ich? Was soll ich machen?«

»Sie sagten eben, sie hätten auch keine Theorie!«

Weber zündete sich eine Zigarette an. »Mimikry«, sagte er. »Und zwei goldene Regeln: Erstens unterdrücke ich jede Regung zum Abfassen theoretischer Essays.«

»Unterdrücken ist gut«, sagte Bendewaldt. »Aber bitte! Reden Sie weiter!«

»Zweitens antworte ich auf direktes Befragen ausweichend. Etwa in dem Sinne: Was das Buch nicht sagt, kann der Autor nicht wissen.«

»Fantastisch«, sagte Bendewaldt. »Was das Buch nicht sagt! Und die Kritik?«

»Erliegt einstweilen meinen Erfindungen. Klebt gewissermaßen am Stoff.« Weber kniff die Augen zusammen, als er den Rauch ausblies. »Und dabei muss es auch bleiben.«

»Es geht mir jetzt schon viel besser«, sagte Bendewaldt. »Vielleicht trinken wir noch einen zusammen. Ich würde Sie gerne einladen.« Er wollte aufstehen, da trat eine Frau hinter einem der Spielgeräte hervor.

»Guten Abend«, sagte die Frau, in der Hand hielt sie

ein Mikrofon. Weber fluchte leise und warf seine Zigarette weg.

»Was ist?«, sagte Bendewaldt.

Weber wandte sich ab. »Wenn ich vorstellen darf: meine Exfrau, Literaturredakteurin bei der *Sonja*. Ich fürchte, Sie hat uns belauscht!«

Die Frau steckte das Mikro in eine Umhängetasche. »Richtig«, sagte sie.

Weber zündete sich eine neue Zigarette an. »Vier Jahre habe ich mit dieser Furie gelebt. Ich arbeitete an *Ding der Unmöglichkeit*; sie kochte nachts Kaffee, und morgens tippte sie meine Manuskripte. Wie im Film. Aber es war alles Lüge. Heimlich besuchte sie Seminare bei Mergentheimer, der Schüler eines Adorno-Schülers. Dann wurde sie Kritikerin. Und jetzt leben wir im Krieg.«

»Glauben Sie ihm kein Wort«, sagte die Frau. »Dieser Schwächling hat vier Jahre lang vor mir das Genie gespielt. Jeden Tag eine Schaffenskrise und alle halbe Stunde ein ästhetisches Ressentiment. Dann habe ich rausgekriegt, dass sein theoretisches Niveau das eines mondsüchtigen Primaners ist.« Sie machte einen Schritt auf die beiden zu. »Ihr seid überhaupt ein schönes Paar«, sagte sie. »Hundsgemeine Aufschreiber der eine wie der andere, und alles auf Kosten der Frauen.«

Weber blies den Rauch durch die Nase. Dann hustete er.

»Wieso?«, sagte Bendewaldt. »Wieso auf Kosten der Frauen?«

»Ihre Theorie«, sagte Weber. »Realismus ist Abgucken. Also praktisch Voyeurismus.«

»Stimmt«, sagte die Frau. »Euer so genannter Realismus erschöpft sich in der Verdopplung der schlechten Realität und bestätigt damit die Unterdrückung von Minderheiten.«

»Frauen sind keine Minderheit«, sagte Bendewaldt. Das wisse er genau.

»Lassen Sie«, sagte Weber. *Ding der Unmöglichkeit* ist in der *Sonja* gelobt worden. Seitdem will sie meinen Kopf.«

»In *Sturm im Wasserglas* gibt es eine starke Frau«, sagte Bendewaldt. Er überlegte kurz. »Eigentlich gibt es bei mir nur starke Frauen.«

»Unsinn«, sagte die Frau. »Man sollte euch verbieten, Frauen überhaupt vorkommen zu lassen.« Sie stieß Weber mit dem Fuß gegen das Schienbein. »Lies die neue *Sonja*«, sagte sie. »Der Tag der Abrechnung ist gekommen.« Dann drehte sie sich um und ging davon. Ihre Schritte waren noch lange zu hören.

»Was tun wir jetzt?«, sagte Bendewaldt. »Bringen wir uns um?« Er versuchte, einen Arm um Weber zu legen, doch der schob ihn zur Seite. »Dazu besteht keine Veranlassung«, sagte er.

»Was soll das heißen?«

»Sie sind noch ziemlich grün hinter den Ohren.« Weber wies in die leere Straße. »Da geht sie hin. Heute ist der Fünfte, die neue *Sonja* erscheint in knapp zwei Wochen.

Aber hier«, er tippte sich an den Kopf. »Alles drin, jedes Wort. Die letzte Szene eines neuen Romans.«

»Eines neuen Romans?«

Weber nickte. »*Kunstgewerbe*«, sagte er. »Und diesmal radikal autobiographisch. Kindheit in den Sechzigern, also die Macht der Konzepte, Ideologien und Alternativen; dann der lange Weg durch die Institutionen; schließlich das Ende der Kritik, die Versöhnung mit dem großen Ganzen.« Er hob einen Finger. »Von den historischen Ereignissen auf das Allerfeinste bestätigt! Und das Resultat? Na?«

»Ich weiß nicht«, sagte Bendewaldt.

»Natürlich die Renaissance des Tatsächlichen.«

»Ach«, sagte Bendewaldt. »Und sie? Ihre Frau.«

»Kommt natürlich vor«, sagte Weber. »Als das Gegenbild. Oder als das Zeitgenössische als das Ewiggestrige.« Er sah auf die Uhr. »Ich schreibe den Schluss noch heute Nacht; morgen geht er per Mail an den Verlag.« Er schlug sich auf die Schenkel. »Und zwei Tage nach der nächsten *Sonja* beginnt der Vorabdruck in der – na, Sie werden schon sehen. Es wird ein wunderbarer Skandal.« Er stand auf und reichte Bendewaldt die Hand. »Wenn Sie wieder mal in der Stadt sind, melden Sie sich ruhig. Ich würde mich freuen.« Dann ging er rasch davon.

Bendewaldt versuchte sich zu orientieren, aber als ein Taxi vorbeifuhr, winkte er und nannte den Namen des Hotels. Auf seinem Zimmer ging er gleich zu Bett. Ihn fröstelte. Beinahe hätte er das Buch übersehen, das auf dem Nachttisch lag. Es war *Sturm im Wasserglas*. Er schlug es auf. Ein frisches Exemplar der dritten Auflage mit einer Widmung des Verlegers.

»Danke«, sagte Bendewaldt. Er löschte das Licht. Dann merkte er noch, wie er einschlief.

Finale

Bei Kriegsende war Schilling knapp zweiundzwanzig. Die Nachricht von der bedingungslosen Kapitulation sprach sich schnell herum in dem Gefangenenlager auf dem Balkan. Jetzt kämen sie alle nach Hause!, rief ein Kamerad.

Schilling nickte kurz. Er hatte, als sie seine Stellung erreichten, die Marke weggeworfen und den Uniformrock eines gefallenen Schützen übergezogen. Dann war er aus dem Graben gestiegen, hatte ein weißes Tuch geschwenkt und die Augen fest geschlossen, damit er nicht sähe, wenn einer auf ihn anlegte.

Bei den Wachsoldaten im Lager war er beliebt. Manchmal strich ihm einer der dunklen Soldaten im Vorbeigehen über das blonde Haar oder über die Wange. Sie machten ihm Zeichen: Ob er sich überhaupt rasieren müsse? Schilling schaute dann nur zurück und lachte.

Anfangs geschah nichts. Viel später im Sommer kamen Lkw. Am anderen Morgen, Schilling stand alleine am Zaun neben dem Tor, hatte ein Wachsoldat ihn angesprochen und auf die Wagen gezeigt. »Weg!«, hatte der Soldat gesagt. »Du, weg!« Und so war Schilling durch das

Tor gegangen, gleich vom Weg hinunter in ein Feld, auf dem sehr hoch der Mais stand, auf der anderen Seite in einen Wald, und dann immer weiter Richtung Nordwesten, bis er die ersten Schilder an den Kreuzungen entziffern konnte. Viel später nahm ihn ein Treck mit. Wo er wohne?, hatten sie gefragt, und er hatte eine Stadt ganz im Westen genannt, aus Angst.

In dieser Stadt holte Schilling nach, was ihm an seiner Ausbildung zum Ingenieur noch gefehlt hatte. Nach der Währungsreform trat er in eine Firma ein, die ihm solide schien. Die Geschäfte entwickelten sich gut, erstaunlicherweise auch im Export. Schilling heiratete, seine Frau brachte einigen Grundbesitz in die Ehe, und genau in den Wochen der Fußballweltmeisterschaft in der Schweiz zogen sie in ein neues Siedlungshaus mit großem Garten. Am Tag des Endspiels saß Schilling mit einem Bekannten aus Kriegszeiten auf der unfertigen Terrasse und hörte die Übertragung. Als das dritte Tor fiel, saßen sie stumm da und schauten sich nicht an. Als das Spiel aus war, weinten sie beide wie Kinder.

Später wurde Schilling leitender Ingenieur seiner Firma. Schon einige Male hatten ihn größere Unternehmen angesprochen, ob er nicht wechseln wolle. Er hatte immer abgelehnt. Im Sommer des Aufstands in Ungarn wurde seine Frau endlich schwanger. Daher ging Schilling, als er im Schaufenster eines Spielwarengeschäftes eine Modelleisenbahn aufgebaut sah, kurz entschlossen hinein und kaufte alles, was es gab. Im Kinderzimmer im ersten Stock baute er notdürftig die Schienen auf eine Platte, setzte den Tunnel darüber und die Häuser in die Mitte und ließ die Lokomotive ein paar Runden drehen. Aber die Frau verlor das Kind; aus dem Krankenhaus zurück, stand sie weinend vor der Platte.

Schilling hatte versucht, sie zu trösten. Vielleicht sei es ja besser so. Wenn es jetzt Krieg gebe und sie flüchten müssten, brauchten sie wenigstens nicht für ein Kind zu sorgen.

»Es gibt doch keinen Krieg«, sagte die Frau.

Schilling nahm Lok, Schienen, Tunnel und Häuser von der Platte und legte alles in eine Schachtel. »Natürlich«, sagte er.

Sieben Jahre später, als der amerikanische Präsident Kennedy in Dallas erschossen wurde, hatte Schilling tatsächlich das Unternehmen gewechselt. Er reiste jetzt häufig ins Ausland. Er verdiente ausgezeichnet; nur weil sie noch immer nicht wussten, wo sie am besten wohnen sollten, waren sie nicht in ein größeres Haus gezogen. Und weil sie den Platz im Grunde nicht brauchten. Seit einiger Zeit stand nämlich fest, dass sie keine Kinder bekamen.

In einer Nacht im nächsten Sommer, es wurden schon Bilder von der Olympiade in Tokio übertragen, stieg Schilling hinauf auf den Dachboden und holte die Schachtel mit der Modelleisenbahn. Er ging ins Kinderzimmer, in dem jetzt sein Schreibtisch stand, und baute die Schienen auf. Nichts war beschädigt, doch alles erschien ihm plump und unmaßstäblich. Der Tunnel, eine halbe Röhre aus Gips mit grünen Flocken darauf, war geradezu lächerlich. Unten im Wohnzimmer sah Schilling wieder den Prospekt an, der in der Fernsehzeitschrift gelegen hatte. Die Sachen dort sahen besser aus. Die Laternen an den Lokomotiven, hieß es, gäben richtiges Licht. In die Schornsteine konnte man Öl geben, so dass sie beim Fahren rauchten.

Zwei Jahre später, gerade stand die deutsche Nationalmannschaft im Endspiel in Wembley, füllte eine große Modelleisenbahn das Kinderzimmer bis auf einen halbrunden Platz vor der Tür. Dort saß Schilling, auf einem Drehstuhl hinter Trafos und Stellpulten, und ließ die Züge um eine Stadt mit Fachwerkhäusern und einer Kirche in der Mitte kreisen. Wenn sie vor dem Bahnhof mit den großen Glasfronten anhielten, war es still im Haus. Schilling stellte ein paar Weichen, und es gab ein feines Klicken. Seine Frau war vor einem Jahr ganz plötzlich gestorben. Tot umgefallen, nannte man das. Gelegentlich sahen Verwandte vorbei, meistens sein einziger Neffe, dem zeigte Schilling dann, wie alles funktionierte.

Er stand jetzt auf, trat ins Schlafzimmer und sah durchs Fenster in den Garten. Aus den Nachbarhäusern kam die Stimme des Fußballreporters. Schilling rechnete nach, wie alt er jetzt war; beinahe könnte er noch für jung gelten. Er trat vor den Spiegel im Badezimmer. Sein Haar war immer noch voll; vielleicht ließ er es wachsen, wie es jetzt Mode wurde. Und bis heute musste er sich eigentlich nicht rasieren. Er tat es freilich jeden Tag.

»Immerhin«, sagte er laut in den Spiegel. Ein Wort von ihm, und er könnte zu einem der ganz Großen wechseln. Vielleicht sogar nach Amerika. Leute aus seinem Fachgebiet und mit seiner Erfahrung wurden händeringend gesucht.

Wieder bei der Modellbahn, setzte Schilling einen Zug in Bewegung. Der Zug kreiste. Wie es wohl wäre, dachte Schilling, wenn der Zug irgendwo verschwände und es Minuten dauerte, bis er von ganz anderswoher wiederkäme? Und völlig unerwartet! Fast bliebe einem das Herz stehen, wenn er so nahe vorbeizöge, voran das Stampfen der Lokomotive und dahinter das Rauschen der Personenwagen und das Klirren und Schlagen der Güterwaggons.

Schilling ging hinunter und hinaus in den Garten. Er sah sich um. Es war alles ein wenig verwildert. In einem kleinen Schuppen ganz hinten standen die Geräte. Er könnte jetzt gleich beginnen, wenigstens den Rasen wieder einmal zu mähen. Da traten die Nachbarn auf die Terrasse. Die deutsche Mannschaft habe verloren, riefen sie. Durch ein umstrittenes Tor! Von der Latte sei der Ball auf die Linie gesprungen, auf die Linie! Nicht dahinter.

»Schade!«, rief Schilling zurück. Dann grüßte er und ging zurück ins Haus. Er holte einen Hammer aus dem Keller und stieg hinauf ins Schlafzimmer. Dort versuchte er mit aller Kraft, den Kleiderschrank beiseite zu rücken, doch der war zu schwer. Schilling räumte ihn aus und warf alles aufs Bett, jetzt ließ er sich ganz leicht schieben. Sorgfältig maß er Höhe und Breite aus, dann schlug er zwei faustgroße Löcher in die Wand. Er hatte richtig gemessen; im kleinen Zimmer lagen Mörtel und Steine genau auf den Schienen.

In dem Jahr, als ein palästinensisches Kommando bei den Olympischen Spielen in München die israelische Mannschaft als Geisel nahm und alle dann, Geiselnehmer und Geiseln, auf einem Flughafen erschossen wurden, führte Schillings Modelleisenbahn durch die Mauer ins Schlafzimmer und dort an den Wänden vorbei, einmal rundum; das Kopfende der Betten überspannte eine gewaltige Brücke. Flüsse waren da, aufgeschnitten, dass man den Grund sah, die Kulissen von großen Fabriken, dahinter Berge mit steilen Hängen, perspektivisch verkürzt. Im nächsten Jahr würde Schilling fünfzig werden. Er hatte seiner Firma versichert zu bleiben. Ein Assistent war ihm zugeteilt worden; der hatte ihn jetzt zum ersten Mal besucht. Zusammen saßen sie an der Anlage, Schilling bei den Trafos im Kinderzimmer und der Assistent mitten im Schlafzimmer. Gerade war aus einem Tunnel ein Zug gekommen. »Wie machen Sie das?«, rief der Assistent zum Flur hinaus. »Diesen Blindflug.«

»Ganz einfach«, sagte Schilling. Die Loks berührten Kontakte, und bei ihm glühten dann kleine Lampen auf. So wisse er genau, wo alles sich im Moment befinde.

»Schrecklich, das in München«, sagte der Assistent.

Schrecklich sei gar kein Ausdruck, sagte Schilling.

Ob er eigentlich im Krieg gewesen sei?

»Ja«, sagte Schilling. Der Zug war zu ihm zurückgekommen, er ließ ihn anhalten und rollte auf dem Drehstuhl in den Flur. »Bis fünfundvierzig.«

»Tatsächlich?«, sagte der Assistent. Er habe das gar nicht vermutet. Dann wies er auf die Anlage. »Wirklich fantastisch.« Er lachte und zeigte auf eine dritte Tür an der andern Seite des Flurs. »Wollen Sie dahin auch noch durchbrechen?«

Schilling schwenkte herum. »Schwierig«, sagte er. Dann müsse nämlich ein Schienenstrang quer über den Flur laufen. Es sei denn, er breche vom Kinderzimmer her durch. Aber dann könne er gleich mit allem von vorne beginnen.

»Ich verstehe«, sagte der Assistent. Das wäre ja furchtbar. Dann gingen sie hinunter; im Fernsehen lief die Übertragung der Trauerfeier. »Olympia ist gestorben«, sagte der Assistent. Schilling nickte. Er hoffe auf die Weltmeisterschaft in zwei Jahren. Vielleicht könne man da alles vergessen machen.

Ein paar Jahre später zog sich Schilling, am Herzen erkrankt, aus allen leitenden Funktionen zurück. Der Assistent übernahm endlich ganz seine Stellung, Schilling fungierte nur mehr als Berater. Als kurz darauf das Unternehmen an einen amerikanischen Konkurrenten verkauft wurde, trat Schilling mit einer großen Abfindung in den Ruhestand. Die wenigen Bekannten, die ihn von da ab noch regelmäßig sahen, behaupteten immer, er sei etwas merkwürdig geworden. Freilich zwang ihn auch sein Leiden, sich in allem zurückzunehmen. Im Großen und Ganzen, hieß es aber, lebe er gar nicht schlecht, zumal ihn sein Hobby, seine große Leidenschaft, nicht allzu viel Kraft koste. Im Mai des Jahres, an dessen Ende sie in Berlin zum Erstaunen der ganzen Welt die Mauer einrissen und alles vollkommen friedlich blieb, starb Schilling nach einem Herzanfall im Schlaf. Das Haus und alles, was darin war, erbte sein einziger Neffe.

Die Krankheit

Zu Beginn der achtziger Jahre, als die Krankheit sich weltweit auszubreiten begann, fühlte A. sich relativ sicher. Er gehörte damals zu keiner der Risikogruppen, die Heirat mit einer Jugendfreundin stand unmittelbar bevor. Es kam dann freilich ganz anders, zur Überraschung aller trennten sie sich rasch und endgültig; und in den Wirren, die das zur Folge hatte, verlor A. auch das ein oder andere Mal seine natürliche Vorsicht. Mehr als zehn Jahre später, als es auch im Land wieder ruhiger zu werden begann und er selbst längst ein anderes, ausgeglichenes Leben führte, ließ er sich auf Bitten einer neuen Partnerin testen. Das Ergebnis war positiv.

A. wollte nicht verzweifeln. Er versuchte klaren Kopf zu bewahren; und dazu begann er, seine unruhigen Jahre genauestens zu recherchieren. Er erstellte per Computer zunächst eine Tabelle mit einer Spalte für jeden Monat, später mit einer für jede Woche, und dahinein trug er alle Begegnungen, an die er sich erinnern oder die er aus Tagebüchern und Kalendern rekonstruieren konnte. Die verbleibenden Lücken zu füllen, fragte er unter verschiedenen Vorwänden in seinem Bekanntenkreise nach, er unternahm auch einige Reisen und versuchte dabei wie zufällig Menschen zu treffen und ins Gespräch zu verwickeln. Endlich hatte er eine Liste beisammen, die ihm nach allem Ermessen vollständig schien, und nun traten seine Nachforschungen in eine zweite Phase. Er meldete sich, persönlich oder telefonisch, bei den betreffenden Frauen, entdeckte ihnen schonungslos seinen Zustand und forderte im Gegenzug Auskunft über den ihrigen. Alle waren sie erschüttert, doch zu seiner wachsenden Verwirrung konnten sie ihm, wenn auch einige erst nach entsprechenden Untersuchungen und natürlich überglücklich, nur von ihrer einwandfreien Gesundheit berichten.

Vor dem Letzten schreckte A. eine Weile zurück. Doch schließlich blieb auf der Liste allein der Name seiner Jugendfreundin offen. Er rief nach langem Zögern ihre Eltern an; und die teilten ihm tatsächlich mit, dass die junge Frau wenige Jahre nach jener Trennung gestorben sei. Ja, sagten sie auf seine Nachfrage, an dieser verfluchten Krankheit, die sie sich wahrscheinlich bei einer Blutübertragung geholt habe. Mehr wollten sie dazu nicht sagen.

Nun besaß A. Gewissheit. Er hatte inzwischen, obwohl sich noch keine Anzeichen für den endgültigen Ausbruch der Krankheit zeigten, seine Stelle gekündigt und alles was er besaß zu Geld gemacht. Er wollte nämlich, sobald er den genauen Ablauf seines Schicksals kennen würde, nicht herumsitzen und auf den Tod warten, sondern zu einer Weltreise aufbrechen, die er, wenn das Geld verbraucht wäre oder die Krankheit ihn zu sehr schwächen würde, mit einem raschen Freitod beenden wollte. Jetzt hielt er in allem kurz inne.

Er saß in seiner schon fast ausgeräumten Wohnung neben dem Telefon auf dem Boden. Tatsächlich hatte er sich also vor mehr als zehn Jahren infiziert, praktisch als einer der Ersten, hatte bis heute ohne jede Behandlung gelebt und dabei nichts gespürt. Das war immerhin, da glaubte er sich nach vieler Lektüre sicher, ein Rekord. Und nur um sich das noch bestätigen zu lassen, suchte er am folgenden Tag seinen Hausarzt auf.

»Zehn Jahre ohne Symptome?«, sagte der Hausarzt. Das halte er für absolut ausgeschlossen.

A. legte seine Unterlagen vor und erläuterte die Anmerkungen, die er zu der Liste gemacht hatte.

Beweiskraft habe das nicht, sagte der Hausarzt.

A. zuckte die Achseln. Er habe getan, was er könne, und er sei sich absolut sicher.

»Wenn das stimmt«, sagte der Hausarzt, »dann sind Sie nach Lage der Dinge ein Phänomen.« Er bat, die Unterlagen behalten zu dürfen. A. war einverstanden. Er brauche das alles nicht mehr; er sei drauf und dran, das Land zu verlassen, aller Voraussicht nach für immer.

Noch am Abend rief ihn der Hausarzt an. Er habe mit Kollegen und Wissenschaftlern vom Fach über seinen Fall gesprochen. Und die bäten ihn dringend, sich für ein paar Untersuchungen zur Verfügung zu stellen. A. erwiderte, alle seine Vorbereitungen seien abgeschlossen und seine Maschine gehe in wenigen Tagen. Er sei positiv, das ja. Aber er habe nach wie vor das Recht zu gehen, wohin es ihm gefalle.

»Sicher«, sagte der Arzt, aber man könne ihm eine Art Honorar anbieten; und Geld müsse doch jetzt, bei seinen Planungen, eine große Rolle spielen. Er nannte eine Summe, und gleich am nächsten Morgen wurde A., der unter Vorbehalt zugesagt hatte, abgeholt und in eine Klinik weit außerhalb der Stadt gefahren. Dort erhielt er ein Zimmer zugewiesen, die Untersuchungen begannen sofort.

In der Nacht schlief A. schlecht ein. Zuerst meinte er, die Ruhe sei ihm fremd, dann wieder hörte er Geräusche, die er nicht einzuordnen wusste. Sehr früh wachte er auf, als er glaubte, der Schlüssel in seiner Zimmertür werde bewegt. Er stand auf und ging zur Tür, aber es war nichts.

Gleich nach dem Frühstück wurden die Untersuchungen fortgesetzt. Beim Mittagessen, das er auf seinem Zimmer einnahm, setzten sich die Ärzte zu ihm an den Tisch. »Wir wollen jetzt nicht besonders spekulieren«, sagte einer. »Das wäre auch viel zu früh.« Er machte eine kleine Pause. »Das Beste wird aber sein, wir bringen Sie in eine Spezialklinik. Nach Amerika. Und noch heute.«

A. protestierte.

»Sie wollten sowieso dorthin«, sagte der Hausarzt. »So

sparen Sie den Flug. Und das Honorar wird natürlich weiter gezahlt.«

Sie flogen in der Nacht, und am Mittag erreichten sie einen Komplex großer, flacher, weißer Gebäude in einer einsamen Berggegend. Die Natur schien hier, als wäre es viel weiter im Jahr. Am Abend ging A. in dem Park spazieren, der zwischen den Gebäuden lag. Es gab da eine große Rasenfläche, auf der in regelmäßigen Abständen sauber gestutzte Bäume in Rondellen standen, deren Rand mit Kieselsteinen gesäumt war. Zwei neue Ärzte folgten ihm in einigem Abstand.

Die Untersuchungen dauerten viele Tage. Sie begannen immer vor Sonnenaufgang und endeten jeden Tag, außer sonntags, erst tief in der Nacht. Bald glaubte A., dass sie sich wiederholten. Er sagte das bei einem Test auf dem Fahrradergometer. Doch der Arzt, der gerade an den Geräten saß, verstand ihn nicht, er machte ein Zeichen und ging hinaus. Da stieg A. von dem Fahrrad und ging, die Kabel noch an seinem Körper, zu dem Schreibtisch neben dem Kontrollschirm. Halb unter anderen Papieren lag eine Kopie seiner Liste. Es schienen Eintragungen darin gemacht zu sein, aber A. konnte nicht näher herankommen, weil die Kabel ihn festhielten. Dann hörte er ein Geräusch und stieg rasch wieder auf das Gerät.

An einem Sonntagmorgen, A. war gerade erwacht, kamen alle Ärzte in sein Zimmer. »Wir konnten es nicht mehr erwarten«, sagte der Hausarzt. Seitdem er hier war, hatte sich sein Gesicht merklich gebräunt. »Und dann haben wir doch noch gestritten, wer es Ihnen sagen darf.« Er lachte die anderen an, und sie lachten zurück.

»Ich habe mich durchgesetzt«, sagte der Hausarzt. »Ich habe ja quasi die ältesten Rechte. Also!« Er hob beide Hände, als wollte er A. segnen. »Sie sind immun.«

»Wie bitte?«, sagte A.

»Sie sind immun. Sie haben den Erreger seit zehn Jahren. Aber Sie haben die Krankheit nicht bekommen. Und Sie werden sie nicht bekommen.«

»Stimmt das?«, sagte A.

»Nach menschlichem Ermessen«, sagte der Hausarzt. Und seine Kollegen hier seien, wenn er so sagen dürfe, allesamt erste Kapazitäten.

»Ich muss nicht sterben?«, sagte A.

Der Hausarzt lachte. »Sterben müssen wir alle. Aber Ihr Termin ist jetzt wieder vollkommen offen.«

A. trat ans Fenster und sah hinaus in den Park. Er klatschte in die Hände. »Abgehakt«, rief er. Dann schlug er mit den Handflächen gegen die Scheiben. »Abgehakt!«

»Verstehen Sie das nicht falsch«, sagte der Hausarzt. »Jetzt beginnt erst die Synthese des Gegenmittels. Das kann viele Jahre dauern. Sehr viele Jahre.«

A. drehte sich um. »Schön«, sagte er.

Der Hausarzt trat vor ihn hin. »Dazu müssen Sie hier bleiben.«

»Ich denke nicht daran«, sagte A. »Ich gehe nach

Hause.« Er dachte an seine leer geräumte Wohnung, an seine gekündigte Stelle.

»Wir können Sie nicht gehen lassen«, sagte der Hausarzt.

»Das ist Nötigung«, sagte A. »Oder Freiheitsberaubung.«

Der Hausarzt nahm ihn beim Arm. »Vielleicht«, sagte er. »Aber Sie sind ab jetzt nirgendwo sicher. Hinter der Forschung stehen Millionen. Vielleicht tötet Sie jemand, nur damit andere Sie nicht bekommen.«

»Nein!«, rief A. »Ihr seid Ärzte. Ihr dürft nicht reden. Keiner muss jemals davon erfahren! Es kann alles so sein wie vorher.«

Der Hausarzt schüttelte den Kopf, dann griff er in seine Innentasche, zog die Liste heraus und entfaltete sie. »Über zwanzig Namen«, sagte er. »Sie haben mit allen gesprochen. Alle wissen Bescheid, dass Sie krank sind.«

»Na und!«, schrie A.

»Denken Sie nach«, sagte der Hausarzt. »Irgendwann wird es auffallen, dass Sie noch leben.«

Waise

Bei einem Autounfall, den sie nicht verschuldet hatten, kamen seine beiden Eltern ums Leben. Drekopp bekam die Nachricht an einem Samstagmorgen; noch in der gleichen Stunde fuhr er, allein, ohne seine Frau und die Kinder, in seine Heimatstadt, um alles Nötige zu veranlassen. Er war das einzige Kind gewesen. Die Beerdigung, das ergab sich zwingend aus den Terminen, konnte erst am kommenden Mittwoch stattfinden. Drekopp übernachtete im Haus der Eltern, seinem Geburtshaus, und am nächsten Tag, dem Sonntag, fuhr er gegen Mittag zurück. Auf einer Landstraße überholte ihn eine Polizeistreife und winkte ihn an den Straßenrand. Man habe ihn beobachtet, sagte der Polizist, wie er ein Verbot missachtet habe.

»Das tut mir leid«, sagte Drekopp.

Der Polizist bat um die Papiere, sah sie durch und begann, ein Formular auszufüllen.

»Ich war in Gedanken«, sagte Drekopp. »Ich habe gerade die Nachricht vom Tod meiner Eltern bekommen.«

Der Polizist hielt inne und sah in den Wagen.

»Natürlich«, sagte Drekopp. Er griff in die Innentasche seines Jacketts und reichte dem Polizisten eines der Duplikate des Totenscheins. Der Polizist nahm es und sah kurz darauf. »Mein Beileid«, sagte er. »Ein Unfall?«

»Ja«, sagte Drekopp. »Beide auf der Stelle tot.«

Der Polizist reichte den Totenschein und die Papiere durchs Wagenfenster zurück. Er riss das Formular vom Block und steckte es in die Tasche. »Fahren Sie weiter«, sagte er. »Aber achten Sie bitte auf den Verkehr.«

Wieder zu Hause, in der Küche an die Spüle gelehnt, trank Drekopp ein Glas Bier und schilderte seiner Frau, wie er alles vorgefunden habe. Es komme jetzt eine Menge Behördengänge auf sie zu. Und erst der Verkauf des Hauses! Das alles könne Wochen dauern.

»Hast du sie noch gesehen?«, sagte die Frau.

Drekopp schüttelte den Kopf. Der Arzt habe ihm abgeraten, er solle doch seine Eltern so in Erinnerung behalten, wie er sie zuletzt gesehen habe.

»Das ist ja furchtbar«, sagte die Frau. Dann rief sie die beiden Kinder aus dem Garten. »Ihr wisst ja schon, was passiert ist«, sagte sie. »Papa erklärt es euch jetzt noch einmal.«

Die Kinder setzten sich auf die Eckbank. Das Mädchen hielt den kleinen Jungen bei der Hand. Drekopp stellte das Glas ab und schlug leise mit den Handflächen gegen die Spüle. »Ja«, sagte er. »Papa ist jetzt Waise.«

»Was ist das?«, sagte der Junge.

»Waise ist man, wenn man keine Eltern mehr hat«, sagte das Mädchen.

»Das stimmt«, sagte Drekopp. Seine Frau sah ihn an, als wollte sie etwas sagen. Er nickte. »Alle werden wir einmal Waisen. Das heißt, wenn die Eltern früher sterben als die Kinder.« Doch das sei ja meistens so; und eigentlich zum Glück.

»Ich weiß nicht«, sagte die Frau.

»Bist du anderer Ansicht?«, sagte Drekopp.

»In unserer Klasse ist ein Waisenkind«, sagte das Mädchen. »Das hat Pflegeeltern.« Seine richtigen Eltern habe es nie gekannt.

»Ja ja«, sagte Drekopp. Dann strich er beiden Kindern übers Haar. Für Mittwoch und Donnerstag werde er sie in der Schule entschuldigen. Da führen sie alle zur Beerdigung.

Am Montagmorgen, in seinem Büro in der Firma, erhielt Drekopp telefonisch die Nachricht, dass auf einer seiner Baustellen die Arbeit aussetzen müsse. Keine der angekündigten Lieferungen sei eingetroffen. Drekopp schrieb eine Notiz für einen Mitarbeiter, nahm seinen Schutzhelm aus dem Schreibtisch und fuhr hinaus zur Baustelle.

»Da!«, schrie der Polier, als sie über Leitern in den obersten Stock gestiegen waren. »Fehlt! Fehlt!« Nichts sei gekommen. Eine verfluchte Scheiße sei das. Aber ihn treffe keine Schuld, er habe sich darauf zu verlassen, was man ihm sage. Und entweder seien die Sachen bestellt und einer klemme sich dahinter, oder man lasse einfach alles so laufen. Sein Bier sei das nicht. Er fasste Drekopp beim

Arm. »Morgen kommen die Installateure«, sagte er. »Und dann sind wir dran!«

»Meine Eltern sind vorgestern bei einem Unfall ums Leben gekommen«, sagte Drekopp. »Frontal in einen Überholer gefahren.« Man habe sie am Unfallort nicht einmal aus dem Auto schneiden können. Das wurde erst in einer Werkstatt gemacht. Von einem Feuerwehrmann, den man eigens rufen musste.

Der Polier nahm seinen Schutzhelm ab. Das tue ihm leid, sagte er. Das sei ja schrecklich. Wie alt die Eltern denn gewesen seien?

»Papa war fünfundsiebzig und Mama zweiundsiebzig«, sagte Drekopp.

»Mein Beileid«, sagte der Polier. Seine Eltern seien seit Jahren tot, der Vater kriegsversehrt und die Mutter immer herzleidend, praktisch habe ihn eine Schwester großgezogen.

»So?«, sagte Drekopp.

Der Polier wies in die leeren Räume. Bei den Installateuren habe er noch etwas gut. Und vielleicht könne er seine Leute jetzt nach Hause schicken und morgen ganz früh anfangen lassen.

»Danke«, sagte Drekopp. Er fuhr zurück ins Büro. Dort erwartete ihn der Mitarbeiter, die Fuhren seien angemahnt und kämen im Laufe des Nachmittags. Seitdem man so viel Zeug aus dem Osten beziehe, gebe es immer häufiger dieses Durcheinander.

Drekopp nickte.

»Und dann noch anderer Ärger«, sagte der Mitarbeiter. Ein Unternehmer wolle die Firma verklagen. Eine seiner Hallen sei abgebrannt, und er behaupte jetzt, man habe die Feuerschutzbestimmungen missachtet und falsches Material verbaut. Der Chef habe getobt, wer denn da verantwortlich sei?

»Ich war das«, sagte Drekopp.

»Weiß ich«, sagte der Mitarbeiter. Aber er habe nichts sagen wollen. Erst einmal zusehen, dass sich das Donnerwetter verzieht.

Drekopp ordnete ein paar Papiere auf seinem Schreibtisch und verstaute den Schutzhelm, dann nahm er einen Ordner aus dem Regal und ließ sich beim Chef der Firma melden. Er musste ein paar Minuten warten, dann bat ihn die Sekretärin herein.

»Da sind Sie ja!«, rief der Chef. Er habe gerade mit den Anwälten telefoniert. »Dem Dreckskerl steht das Wasser bis hier«, sagte er. »Der klagt, weil er einen Schuldigen braucht. Da müssen wir uns auf alles gefasst machen.«

»Ich mache mir keine Sorgen«, sagte Drekopp. »Er schlug leicht auf den Aktendeckel.« Wenn in der Halle irgendetwas verbaut sei, das nicht den Regeln entspreche, könne man mit ihm machen, was man wolle.

»Schön«, sagte der Chef. »Vielleicht müssen Sie in den Zeugenstand.«

»Kein Problem«, sagte Drekopp.

»Das mit Ihren Eltern«, sagte der Chef. »Davon habe ich gehört. Furchtbar. Mein Beileid. Sie werden jetzt ein paar freie Tage brauchen, nicht wahr?« Ausgerechnet jetzt!

Drekopp schüttelte leicht den Kopf. Das meiste sei schon erledigt, sagte er. Einen Nachmittag für die Beerdigung und den nächsten Morgen für die Rückfahrt, mehr nicht.

Am Abend saß Drekopp mit seiner Frau in der Küche am Esstisch. Die Kinder waren schon im Bett. Er hatte einen Block vor sich liegen, auf den er mit Kugelschreiber ein paar Zahlenkolonnen geschrieben hatte. Jetzt legte er seiner Frau eine Hand auf den Arm. »Eine grobe Rechnung«, sagte er. »Hörst du mal bitte zu?«

»Ich höre«, sagte die Frau.

Drekopp nannte ein paar hohe Summen. »Das sind die Lebensversicherung, die Zahlungen des Unfallschuldigen und so ungefähr, was man für das Haus, das Grundstück und das Inventar bekommt.« Er nannte die Gesamtsumme.

»Immerhin«, sagte die Frau.

»Ja«, sagte Drekopp. »Und jetzt die Gegenrechnung.« Er zählte zusammen, was sie noch an Schulden hatten, und zog es von der Summe ab. Von dem Rest könne man, sagte er, wenn man ihn nur richtig anlege, ganz gut leben. Nicht eben üppig, aber gut. Gelegentlich könne er auch Aufträge übernehmen. Kurzzeitige Sachen. Auf den vielen neuen Baustellen brauche man jetzt Leute mit Erfahrung.

»Bist du verrückt?«, sagte die Frau. Ob er sich etwa zur Ruhe setzen wolle! Mit zweiundvierzig?

Drekopp stand auf. »Reingefallen«, sagte er. »Das war nur ein Scherz!« Natürlich laufe alles weiter wie immer. Er gehe morgens zur Arbeit und baue Werkshallen und Hochgaragen für den großen Aufschwung. Und sie bleibe zu Hause und kümmere sich um die Kinder. »Das geht schon«, sagte er. »Im Garten blüht es, und weil wir ein bisschen vermögend sind, kriegen wir neue Möbel und fahren zweimal im Jahr in Urlaub.« Er öffnete die Kühlschranktür und sah hinein. »Ich bin jetzt Waise«, sagte er.

»Vielleicht kannst du ja früher in Rente gehen«, sagte die Frau. So mit achtundfünfzig vielleicht oder mit sechzig.

»Es war ein Scherz.« Drekopp nahm eine Flasche Bier aus dem Kühlschrank. »Ich bin eine Waise«, sagte er noch einmal. Dann ging er hinaus in den Garten.

Am Dienstagmorgen früh fuhr er wieder zu der Baustelle. In den oberen Stockwerken wurde gearbeitet. »Alles in Ordnung«, sagte der Polier. Gerade eben noch mal gut gegangen. Drekopp sah an den Gerüsten vorbei hinunter, dahin, wo die Baumaschinen standen. Dann fuhr er zu der abgebrannten Halle; das Gelände war mit Streifen aus rotweißem Kunststoff abgesperrt. Feuerwehrmänner gingen mit langen Stangen durch die Trümmer. Ihr Hauptmann stand am Rande.

»Ich war der Bauleiter«, sagte Drekopp zu dem Hauptmann. »Was sagen Sie: War es Brandstiftung?«

Darüber könne er keine Auskunft geben, sagte der Hauptmann. Da müsse er die offiziellen Untersuchungen abwarten.

»Man will mir nämlich an den Kragen«, sagte Drekopp. »Immer wenn etwas passiert, muss einer die Schuld tragen.« Das sei sehr wichtig, dass einer schuld sei, damit alles schnell wieder in Ordnung komme. Drekopp lachte. »Dabei ist das falsch«, sagte er. »Vollkommen falsch.«

»So?«, sagte der Hauptmann.

»In der Tat!« Drekopp steckte die Hände in die Taschen. »Stellen Sie sich vor«, sagte er. »So ein Arschloch hat meine Eltern totgefahren. Jetzt liegt er im Krankenhaus. Wir wissen, wie er heißt, aber nichts kommt mehr in Ordnung.«

»Kürzlich erst?«

»Gestern«, sagte Drekopp. »Einer von Ihren Kollegen musste die Leichen herausschneiden.«

Der Hauptmann zog hörbar die Luft ein. »Das Feuer«, sagte er. »Sieht aus, als sei es an zwei Stellen gleichzeitig ausgebrochen. Man kann das vielleicht nicht endgültig beweisen. Aber ich habe dafür einen Riecher. Setzen Sie den Besitzer irgendwie unter Druck. Die meisten bekommen es dann mit der Angst zu tun.«

»Danke«, sagte Drekopp. Der Hauptmann tippte sich an den Helm und stieg über die Absperrung. Drekopp telefonierte mit der Firma: Heute komme er nicht mehr ins Büro; er fühle sich nicht gut und gehe etwas früher nach Hause. Und sie möchten bitte nicht vergessen, dass er morgen bei der Beerdigung sei.

Drekopp war schon fast bei seinem Wagen, da rief ein Mann ihn an. Es war der Besitzer der abgebrannten Halle. »Moment mal«, sagte der Mann. »Bleiben Sie da! Ich kenne Sie. Sie haben den Pfusch hier zu verantworten!«

Drekopp ließ den Autoschlüssel wieder sinken. Er lehnte sich rücklings gegen den Wagen. »Sie sollten«, sagte er langsam, »mir gegenüber einen anderen Ton anschlagen.«

»Von wegen«, sagte der Mann. »Ihr spart am Feuerschutz, und ich bin jetzt der Dumme. Aber nicht mit mir! Dafür steht ihr mir gerade. Ihr Verbrecher!«

»Einen anderen Ton«, sagte Drekopp laut. »Sie wissen ja gar nicht, wer hier vor Ihnen steht.«

Der Mann schlug den Mantel zurück und steckte die Hände in die Hosentaschen. »Wer hier vor mir steht?«, sagte er. »Wer soll denn hier vor mir stehen? Der Oberpfuscher natürlich.«

Drekopp fasste den Autoschlüssel so, dass die Spitze zwischen den Fingern seiner Faust hindurchsah. »Ich bin«, sagte er, »eine Waise.«

»Dass ich nicht lache«, sagte der Mann. »Wir sehen uns vor Gericht.«

Drekopp schlug zu. Der Mann griff sich ins Gesicht. Im

Nu waren seine Hände rot von Blut, es lief seine Arme hinunter. Einen Moment stand er still, dann lief er schreiend davon.

Drekopp stieg in seinen Wagen. Er steckte den blutigen Schlüssel ins Zündschloss und drehte ihn. Der Motor startete. »Siehst du«, sagte Drekopp laut. »Es geht.«

Training

Ich kann das nicht«, sagte Kortschläger.

»Sie können das«, sagte der Trainer. »Langsamer! Dann kriegen wir da vorne noch Rot.«

Kortschläger ging leicht vom Gas. Hinter ihm fuhr jemand ziemlich nah auf. Dann standen sie an der roten Ampel. »Ich werde im Boden versinken«, sagte er.

Der Trainer sah auf die Uhr. »Vielleicht. Kann sein. Aber der Boden wird Sie wieder ausspucken, und dann werden Sie ein anderer sein.«

Vor dem kleinen Theater waren alle Parkplätze besetzt. Sie mussten ein paarmal um den Block fahren, dann setzte Kortschläger den Wagen in eine winzige Lücke neben einem Baum. Der Trainer musste durch die Fahrertür aussteigen. Er stieß sich den Kopf am Türholm und fluchte leise. Kortschläger ging bereits voran. »Langsam!«, rief der Trainer. »Langsam und in Würde.«

Im Foyer des kleinen Theaters saß eine Frau hinter dem Büchertisch. Sie hob eine Hand, als die beiden eintraten. »Es hat schon angefangen«, sagte sie.

»Na und?«, sagte der Trainer. Kortschläger stand ein wenig abseits und sah zur Seite.

»Herr Weber hat mich ausdrücklich gebeten, während seiner Lesung für Ruhe zu sorgen.«

»Keine Sorge«, sagte der Trainer. »Wir sind schon leise.«

Die Frau stand auf. »Herr Weber sagt, besonders zu Beginn seiner Lesung müsse er sich sehr konzentrieren. Sonst verliert er den emotionalen Zugang zu seinem Text.«

»Albernes Gerede«, sagte der Trainer. Er legte das Eintrittsgeld abgezählt neben einen Bücherstapel.

Kortschläger trat heran. »Bitte«, sagte er. »Bitte lassen Sie uns gehen.«

Der Trainer nahm ihn mit beiden Händen bei den Schultern. »Nein!«, sagte er laut. »Reißen Sie sich am Riemen. Sie kommen jetzt ein Mal mit Absicht zu spät, verstanden! Und Sie wissen genau, warum Sie es tun!«

Kortschläger nickte.

»Na also«, sagte der Trainer.

»Seien Sie doch bitte leise«, sagte die Frau vom Büchertisch.

»Wir sind leise.« Der Trainer drückte die Klinke der Tür zum Saal, es gab ein quietschendes Geräusch. »Los«, sagte er. »Ab jetzt alles wie besprochen.«

Kortschläger schob sich durch die Tür. Die hintersten Reihen im Saal waren nicht besetzt. Auf der Bühne saß Weber und las, neben sich ein Wasserglas und zwei Brillenetuis. Ein paar Scheinwerfer waren auf ihn gerichtet; da er sich über das Buch beugte, glänzte sein haarloser Schädel in ihrem Licht. Kortschläger ging langsam den Seitengang hinunter. In der dritten Reihe von vorne gab es mittig ein paar freie Plätze.

»Entschuldigung«, sagte Kortschläger. Der Mann ganz außen in der dritten Reihe sah ihn ungläubig an, dann zog er die Beine an den Bauch. Kortschläger drückte sich an ihm vorbei, dann an seinem Nebenmann, der eilig eine Jacke vom Boden nahm. Beim dritten kam Kortschläger ins Stolpern, er trat auf eine Handtasche und musste sich auf den Schultern einer älteren Frau abstützen. Die Frau machte ein lautes, erschrockenes Geräusch. Endlich erreichte er einen der freien Plätze. Er setzte sich und sah hoch zur Bühne.

Weber hatte aufgehört zu lesen. Über seine halbe Brille hinweg sah er Kortschläger an. Der fühlte, wie ihm heiße Wellen den Rücken hinauf, am Hals entlang und in die Arme fuhren. So als sei er gerade bei hoher Geschwindigkeit einem schweren Unfall entgangen.

»Glückwunsch«, sagte Weber. Er nahm die halbe Brille ab und setzte eine ganze auf. »Meinen allerherzlichsten Glückwunsch. Sie rangieren jetzt auf meiner ewigen Störer-Bestenliste ziemlich hoch oben.«

Kortschläger hob eine Hand zur Abwehr.

»Lassen Sie doch den Mann«, sagte jemand von weiter hinten.

»Nein«, sagte Weber. »Ich lasse ihn nicht. Aber schon gar nicht!« Er stand auf und trat an den Rand der Bühne. »Seit zwölf Jahren lasse ich solche Leute. Und wissen Sie was? Ich verpasse dabei die Gelegenheit, Menschen mit geradezu atemberaubenden sozialen Defekten kennen zu lernen.« Er zeigte auf Kortschläger. »So wie diesen da. Ich würde gerne mit ihm reden. Ich bin mir sicher, das würde meine Arbeit beflügeln.« Er flatterte ein wenig mit den Armen.

»Unverschämtheit«, rief wieder jemand von hinten.

»Da bin ich bei Ihnen«, sagte Weber. »Eine geradezu monströse Unverschämtheit. Und zwar mir gegenüber, damit wir klar sehen. Mich zu behandeln, als wäre ich der kleine Mann im Fernsehen. Vor dem man tun und lassen kann, was man will. Essen und trinken. Die Socken ausziehen und sich die Fußnägel schneiden. Unter den Armen kratzen. Und rausgehen zum Pinkeln, wenn es gerade spannend wird.« Er zeigte wieder auf Kortschläger und tat, als drücke er auf eine Fernbedienung. »Das macht dem ja nichts, dem kleinen Mann in der Kiste.«

»Unmöglich«, sagte eine Frau weiter vorne.

Weber winkte ab. »Los«, sagte er in Kortschlägers Richtung. »Äußern Sie sich! Was sollte diese abgeschmackte Nummer hier? Wenn Sie schon zu spät kommen, warum setzen Sie sich dann nicht still und leise in die letzte Reihe? Los, sagen Sie es mir!«

»Ich gehe jetzt«, sagte die Frau.

»Ist mir egal«, sagte Weber. »Machen Sie es bloß leise!« Und zu Kortschläger: »Reden Sie!«

»Ich«, sagte Kortschläger.

»Lauter!«, sagte Weber.

Kortschläger stand auf. »Es ist eine Art von Training.« Er drehte sich halb zum Publikum. »Ich habe seit meiner Kindheit eine zwanghafte Angst, zu spät zu kommen. Als Junge war ich schon der Erste auf dem Schulhof. Und seitdem hetze ich und bin überall weiß Gott wie pünktlich und finde trotzdem keine Ruhe. Jedes Mal beginnt es wieder von vorne.«

»Das kenne ich«, sagte jemand.

»Und deshalb mache ich dieses Training. Ich komme mit Absicht zu spät. Um zu erfahren, dass dabei nicht gleich die Welt untergeht.«

Das Publikum applaudierte kräftig und anhaltend. Kortschläger dankte mit ein paar angedeuteten Verbeugungen. Als es wieder still war im Saal, hob Weber eine Hand. Er stand noch immer an der Bühnenrampe. »Dann machen wir doch Nägel mit Köpfen«, sagte er. »Vielleicht darf ich Sie um Ihren Namen bitten.«

Kortschläger sagte seinen Namen.

»Sie haben eine angenehme Stimme«, sagte Weber. »Können Sie auch lesen?« Er tat, als schlüge er sich auf den Mund. »Das war ein dummer Scherz«, sagte er. »Kommen Sie bitte einmal herauf!«

Kortschläger wusste nicht, was tun. Aber neben ihm nickte man ihm zu und machte ihm ermutigende Zeichen. Die Leute rückten einladend beiseite, und so drückte er sich wieder an ihnen vorbei. Weber reichte ihm eine Hand und half ihm auf die Bühne. Als er oben war, bekam Kortschläger wieder freundlichen Beifall.

»Und jetzt nehmen Sie bitte Platz«, sagte Weber.

Kortschläger tat es. Er merkte, dass er seit einiger Zeit lächelte und dass ihn das Lächeln zu schmerzen begann.

»Hier ist das Buch«, sagte Weber. »Ungefähr da haben Sie mich unterbrochen. Gleich kommt eine Markierung. Da überspringen Sie den folgenden Text und setzen erst wieder ein, wo der gelbe Zettel klebt. Während Sie blättern, können Sie einen Schluck Wasser trinken. Das sieht dann ganz natürlich aus.«

Es war sehr still geworden im Saal. »Ich weiß nicht«, sagte Kortschläger.

»Kommen Sie!«, sagte Weber. »Besorgen wir es doch Ihrer Angst mal so richtig.« Er sah auf die Uhr. »Sie müssen noch dreißig Minuten lesen. Sonst denken die Leute, sie bekommen nichts für ihr Geld. Und anschließend beantworten Sie die Fragen aus dem Publikum. Aber keine Angst, ich bleibe hier und helfe Ihnen.«

»Herr Kortschläger«, rief jemand aus dem Seitengang. Alle drehten sich zu ihm. »Sie müssen sich das nicht gefallen lassen.«

»Wer ist das?«, sagte Weber.

»Das ist mein Trainer«, sagte Kortschläger. Er stützte die Ellenbogen auf und legte das Gesicht in die Hände. »Mein Angst-Trainer.«

»Umso besser«, sagte Weber. »Dann kann der Ihnen ja

helfen.« Er nahm eine Tasche vom Boden und hängte sie sich über die Schulter. »Ich gehe dann.« Er tippte Kortschläger an die Schulter. »Ich sage vorne Bescheid. Wenn Sie die Sache anständig durchziehen, bekommen Sie mein Honorar. Bei der Frau am Büchertisch.« Er lachte kurz. »Mit dem Geld können Sie Ihren Angst-Trainer bezahlen.« Dann grüßte er einmal knapp ins Publikum, stieg von der Bühne und ging mit schnellen Schritten an dem Trainer vorbei durch den Seitengang.

»Herr Kortschläger«, sagte der Trainer. »Bitte, Sie müssen sich das nicht gefallen lassen.«

»Müssen Sie wirklich nicht«, rief Weber vom Ende des Saales. »Aber ich bekomme fünfhundert plus Reisekosten.« Als er die Tür schloss, gab es wieder ein quietschendes Geräusch.

Kortschläger räusperte sich. Dann begann er vorzulesen, genau an der angegebenen Stelle. Er las langsam. Wenn man nicht allzu schnell las, konnte man auch einen unbekannten Text einigermaßen richtig betonen. Außerdem formulierte Weber sehr flüssig. Nach zwei, drei Seiten glaubte Kortschläger, den Ton ganz gut zu treffen. Jetzt konnte er bei dem einen oder anderen Satz sogar ein bisschen die Stimme heben. Als es zum ersten Mal eine wörtliche Rede gab, deutete er dazu ein paar vorsichtige Gesten an. Kurz vor der markierten Stelle gab es eine lustige Szene, und das Publikum lachte herzhaft. Während er blätterte, trank Kortschläger einen Schluck Wasser.

Der Trainer stand noch immer im Gang. »Herr Kortschläger«, sagte er. »Es gibt keinen Grund für Sie, diesen Zirkus hier mitzumachen.«

Kortschläger sah langsam auf. »Es ist nicht schlimm, dass Sie zu spät gekommen sind«, sagte er freundlich. »Aber suchen Sie sich doch jetzt rasch einen Platz. Da hinten ist noch alles frei.«

»Sehr richtig!«, rief jemand.

Und die Frau sagte: »Merken Sie denn gar nicht, dass Sie stören?«

Der Lebensretter

Seit einem halben Jahr war Paslack zweiter Mann im Vertrieb eines mittelständischen Unternehmens, da wurde er zum fünfzigsten Geburtstag des geschäftsführenden Direktors eingeladen. Der Empfang fand in dessen Penthouse statt, im elften Stock, an einem Sonntagmorgen im August. Eine junge Frau begrüßte Paslack an der Tür; sie hielt einen Jungen von etwa zwei Jahren auf dem Arm. »Kommen Sie einfach durch«, sagte sie. Das Kind drückte ihr ein Stofftier gegen die Wange. »Er ist gerade auf der Terrasse. Heiß heute, nicht wahr?«

Paslack nickte. Er ging durch einen langen weißen Flur in ein großes Wohnzimmer, dort war ein kaltes Buffet angerichtet. An drei Seiten des Raumes sah man durch große Fenster auf die Terrasse; weit unten lag die Stadt. Dem Buffet gegenüber führte eine Tür nach draußen, da stand der Direktor, von etlichen Gästen umringt. Gerade ging er in die Knie, um etwas aus einem Karton zu nehmen. Paslack trat näher heran, der Direktor schrie jetzt auf. Er hielt ein technisches Gerät in die Höhe; Paslack hätte nicht sagen können, wozu es diente.

»Woher wusstet ihr das?« Der Direktor griff nach dem

Arm eines der Umstehenden. »Das ist ja fantastisch.« Genau das habe er sich gewünscht. Dann sah er Paslack. »Ah, unser neues Verkaufsgenie«, rief er. »Schön, dass Sie da sind.«

Paslack hielt dem Direktor die Hand hin und sagte einen Glückwunsch. Er selbst habe nur eine Kleinigkeit. »Ich hoffe, Sie haben ein bisschen Spaß daran.« Dann reichte er dem Direktor eine dünne Broschüre.

Der Direktor nahm sie und schlug sie auf. »Das ist ja unser Prospekt«, sagte er. Die Gäste waren hinter ihn getreten. »Einfach unser Prospekt«, sagte einer, da trat ein anderer näher heran und zeigte auf eines der Fotos. »Da!« Er lachte.

»Ich werd' verrückt«, sagte der Direktor. »Der Arbeiter da, das bin ja ich!«

»Da auch«, sagte jemand. »Der Pförtner. Und da und da.«

Der Direktor blätterte weiter. »Auf jedem Foto!«, sagte er, dann sah er auf. »Wie haben Sie das gemacht?«

»Die Bilder vom letzten Betriebsfest«, sagte Paslack. »Ich habe nur ein bisschen die Köpfe getauscht, am Computer.« Das könne heute im Grunde jeder.

»Fantastisch«, sagte der Direktor. Dann wandte er sich zur Seite. »Rita«, sagte er, »kommst du mal!«

Die Frau, die Paslack geöffnet hatte, trat auf die Terrasse, den kleinen Jungen hatte sie nicht mehr dabei.

»Sieh dir das an!« Der Direktor hielt ihr den Prospekt

hin. »Überall ich, als Monteur, als Fahrer, als Sachbearbeiter. Toll, nicht?«

»Ja, verrückt«, sagte die Frau. »Du könntest übrigens das kalte Buffet eröffnen.«

»Stimmt!« Der Direktor machte eine Handbewegung über seinem Kopf. »Bitte!«, rief er. »Nehmen Sie doch jetzt.«

Paslack machte einen Schritt in Richtung Wohnzimmer, doch als er sah, dass die anderen nicht folgten, wandte er sich rasch zur Seite. Dann ging er hinter den Gästen vorbei langsam bis zur Ecke der Terrasse. »Was ist los?«, rief der Direktor. »Seit heute alles auf Diät?« Darauf setzten die Gäste sich in Bewegung.

Als die Terrasse leer war, stützte Paslack die Arme auf das Geländer. Von hier sah man weit nach Süden über den Fluss; unter der ersten Brücke erschien gerade ein weißes Ausflugsschiff. Da, wo es herkam, flussaufwärts in einer kleinen Stadt, war Paslack geboren, dort war er zur Schule gegangen. Studiert hatte er in Berlin, seit seiner Anstellung lebte er wieder hier. Er orientierte sich kurz. Das Haus, in dem er jetzt wohnte, lag am östlichen Rande der Innenstadt. Paslack ging um die Ecke zum anderen Ende der Terrasse. Kaum eine Wolke war am Himmel. Da, bei dem Gasometer musste es sein. Den sah er aus seinem Schlafzimmerfenster ganz nah über den Dächern.

Paslack drehte sich um. Im Wohnzimmer standen die Gäste in mehreren Reihen vor dem Buffet. Mehr als ein

Raunen war hier draußen nicht zu hören. Der Direktor nahm gerade einen künstlichen Hummer aus der Dekoration und hielt ihn hoch. Er sagte etwas, alle anderen lachten.

Hier war keine Tür. Paslack sah wieder über die Stadt. Im Grunde hatte er es gut getroffen. Zweiter Mann im Vertrieb, das war nicht das, was er einmal erwartet hatte. Aber heutzutage durfte man sich ja nicht mehr beklagen. Und immerhin hatte er jetzt endlich die Chance, sich zu beweisen. Er ging zurück in Richtung Terrassentür.

An der Ecke blieb er stehen. Da war der kleine Junge! Er stand auf einem Korbstuhl, dessen Rückenlehne den Handlauf des Geländers berührte. »Der Hund«, sagte er, sehr laut und deutlich, aber niemand schien ihn zu hören. Er beugte sich vor und legte den Oberkörper auf den Handlauf. »Der Hund«, sagte er noch einmal und zeigte hinunter. Dann zog er das rechte Bein nach oben; sofort bekam er Übergewicht.

Mit zwei, drei Sätzen war Paslack bei dem Kind. Er griff nicht nach ihm. Er warf nur seine Arme über das Geländer, und das Kind fiel hinein. Es schrie nicht. Paslack drückte es von außen gegen die Stäbe, so fest er konnte; dann tastete er mit beiden Händen. Als er sicher war, einen Arm und ein Bein gepackt zu haben, hob er das Kind in einem Schwung zurück. Er nahm es an die Brust. »Alles gut«, sagte er und strich ihm über den Kopf. »Alles ist gut.« Er ging in die Hocke, stellte das Kind auf den Boden und hielt es bei den Schultern. Es lachte ihn an.

Paslack sah in die Wohnung. Die Gäste vor dem Buffet standen alle mit dem Rücken zum Fenster. »Wer möchte meinen Hummerschwanz?«, rief einer. »Ich verzichte freiwillig.«

»Der Hund«, sagte der kleine Junge.

Paslack nickte. Da machte sich der Junge los, lief in die Wohnung und verschwand hinter den Gästen. Paslack blieb noch eine Weile in der Hocke; als er sich aufrichtete, wurde ihm etwas schwindlig. Er setzte sich auf den Korbstuhl beim Geländer.

»Da verpassen Sie aber was«, sagte ein Mann in der Tür und winkte ihm zu. Das Buffet sei wirklich ausgezeichnet. Paslack winkte zurück, er komme sofort. Der Mann trat mit seinem voll beladenen Teller auf die Terrasse. »Köstlich«, sagte er. »Und dieser Ausblick.«

Paslack nickte. Es war absolut klar, dass niemand gesehen hatte, was vorgefallen war. Und er, Joachim Paslack, er dürfte es niemandem sagen. Das war vollkommen ausgeschlossen.

Nach ein paar Minuten, als kaum noch Gäste vor dem Buffet standen, ging Paslack hinein. Die junge Frau saß jetzt weiter hinten im Wohnzimmer auf einer weißen Ledercouch, der kleine Junge lag neben ihr, den Kopf in ihrem Schoß, mit einem Finger drehte sie sein Haar, während sie mit den Gästen sprach. Der Direktor war wieder mit seinem technischen Gerät beschäftigt. Paslack füllte seinen Teller mit Salaten. Dann trat zu einem der Hocker vor einer kleinen Bar. Ob der noch frei sei?

Der Mann auf dem Nachbarhocker legte seine Gabel auf den Teller. »Sicher«, sagte er. Paslack nahm Platz, da tippte ihn der Mann an den Arm. »Köhler«, sagte er. »Controlling, wir kennen uns noch nicht.« Er deutete kurz hinüber zum Direktor. »Ich habe gesehen, was Sie ihm mitgebracht haben.« Zwei-, dreimal wedelte er mit der Hand. »Schon ein bisschen riskant, oder?«

»Riskant?«, sagte Paslack. »Wieso?«

»Na, ist doch allenthalben bekannt, wie gut er über sich denkt.« Der Mann grinste. »Und seit er wieder Vater ist, hält er sich endgültig für den Größten. Tun Sie nicht so, als würden Sie das nicht wissen.«

»Ich bin erst seit kurzem dabei«, sagte Paslack. »Glauben Sie, das gibt Ärger?«

Der Mann zuckte mit den Schultern. »Einen Scherz muss jeder vertragen.«

In diesem Moment klingelte es. Die junge Frau sprang auf, zurück kam sie mit einem alten Mann an ihrer Seite, sie hatte ihn ein wenig gestützt. Der Mann trug einen dunklen Anzug mit hochgeknöpfter, seidener Weste. Der Direktor trat ihm entgegen, gab ihm die Hand und verbeugte sich tief. Es war sehr ruhig geworden, irgendwo wurde vorsichtig ein Teller abgestellt.

»Meinen Glückwunsch«, sagte der alte Mann. »Auch

im Namen der Familie und der Anteilseigner.« Er öffnete das Jackett, quer über die Weste hing eine goldene Kette. »Sie mögen das vielleicht altmodisch finden«, sagte er. »Aber weil zu meiner Zeit die lang gedienten Mitarbeiter eine Uhr bekamen, da dachte ich, ich schenke Ihnen auch eine.« Er griff mit der Rechten in die Westentasche und zog eine große, goldene Taschenuhr hervor. Er löste die Uhr von der Kette und reichte sie dem Direktor.

»Bitte«, sagte er. »Die habe ich von meinem Vater, und der hat sie von seinem. Hätte ich noch einen Sohn –«, er hob kurz die Schultern. »Alte Geschichten«, sagte er dann. »Bitte, nehmen Sie! Sie haben sie sich verdient.«

Ein paar Sekunden lang war kein Laut zu hören. »Ich kann das unmöglich annehmen«, sagte der Direktor. Die junge Frau war neben ihn getreten, das Kind auf dem Arm.

»Können Sie«, sagte der alte Mann. »Nehmen Sie nur. Meine Zeit fliegt schon davon, die hole ich mit einer Uhr nicht mehr ein.« Er wog die Uhr in der Hand und wies auf das Kind. »Und Ihre läuft auch schon schneller.«

Der Direktor nahm vorsichtig die Uhr und sah sie an. Ein Gast klatschte, alle anderen fielen ein.

»Also«, sagte der Direktor, er schüttelte den Kopf. »Eigentlich müsste ich jetzt wohl ein paar Worte sagen, aber ich bin einfach überwältigt.« Er reichte dem alten Mann noch einmal die Hand. »Vielen Dank«, sagte er. »Ich weiß das zu würdigen. Danke.«

Paslack war unterdessen von seinem Barhocker gerutscht. Jetzt trat er rasch in die Mitte. »Ja, danke«, sagte er in die Runde. »Dies ist in der Tat eine Stunde des Dankes. Aber natürlich gilt der Dank auch denen, die im Stillen wirken.« Alle sahen ihn an.

»Ich darf doch einmal«, sagte Paslack. Er nahm dem Direktor die Uhr aus der Hand und hielt sie ins Licht. »Schön«, sagte er. »Und ein durchaus angemessenes Symbol. Aber andererseits: wie wertlos! Das heißt, verglichen mit dem, was uns wirklich ausmacht. Unsere Familie, die Kinder. Und natürlich unsere Leistung für das große Ganze.«

»Was reden Sie da für einen Unsinn!«, sagte der Direktor.

»Achtung!«, sagte Paslack. »Bitte zurücktreten.« Er holte kräftig aus, dann warf er die Uhr durch die offene Terrassentür hinaus. Sie verschwand hinter dem Geländer. Eine Sekunde war alles ruhig. Dann schrie jemand leise auf.

»Sie haben den Verstand verloren«, sagte der Direktor.

»Das mag so scheinen«, sagte Paslack.

»Sie sind entlassen!«

Paslack hob eine Hand. »Sie verwechseln jetzt Privatleben und Geschäft«, sagte er. »Das ist unprofessionell, aber ich verstehe Sie, Sie handeln in begreiflicher Erregung.«

»Verlassen Sie meine Wohnung«, sagte der Direktor.

»Das tue ich«, sagte Paslack. »Und ich kündige selbst. Es wäre ja auch vollkommen unmöglich, zweiter Mann im

Vertrieb zu sein, nachdem man dem Sohn seines Chefs das Leben gerettet hat.«

»Was reden Sie da?«, sagte der Direktor.

Paslack wies durch die geöffnete Tür auf den Stuhl am Geländer. »Ich«, sagte er, aber dann winkte er ab. »Nein.« Er schüttelte den Kopf. »Das würde alles viel zu weitschweifig werden. Und ich will Ihre Feier nicht weiter stören.« Er verbeugte sich kurz vor dem alten Mann und grüßte einmal in die Runde. Dann ging er durch den langen, weißen Flur zur Wohnungstür. Hinter ihm wurde es laut.

Die elf Stockwerke hinunter nahm Paslack die Treppe. Seine Beine trugen ihn ausgezeichnet, sie fühlten sich nur etwas steif an. Als er die Haustür öffnete, schlug es ihm heiß entgegen. Er blieb stehen, die Tür fiel hinter ihm mit einem leisen Geräusch ins Schloss.

Was für ein sonniger Tag!, dachte Paslack. Er machte einen Schritt, dann blieb er wieder stehen. Nicht weit von der Haustür, auf den Platten des Zugangs, lag ein Stofftier. Paslack ging hin und hob es auf, es war ein schmutzig brauner Hund. Er roch vorsichtig daran. »Alles«, sagte er laut, »nur nicht zweiter Mann im Vertrieb.« Dann legte er den Hund wieder hin, ein Stück weiter seitlich, auf den Rasen, da hob er sich besser ab. Wer immer das Haus verließ, musste ihn finden.

Ehebruch

Im Büro, beim Lesen der Tageszeitung, wurde Ortwein urplötzlich klar: Es war auf den Tag genau fünfzehn Jahre her, dass er zum letzten Mal mit einer anderen Frau als Ulrike geschlafen hatte. Er hielt einen Moment im Lesen inne; das kam sicher davon, dass jetzt dauernd von Jahrestagen geredet wurde. Ortwein dachte nach. Die Frau hatte Kerstin geheißen, und sie waren nicht lange zusammen gewesen. An diesem Abend, einen Tag vor Beginn der Semesterferien, waren sie ins Kino gegangen. Er erinnerte sich an den Film. Danach, in einem Lokal, waren sie allmählich in Streit geraten, vielleicht ein bisschen im Spaß. Als sie dann spät in der Nacht in sein Zimmer gingen, hatte Kerstin vorgeschlagen, sie sollten jetzt noch ein letztes Mal miteinander schlafen und sich dann für immer trennen. Er hatte mitgespielt, danach hatten sie sogar ein paar Sachen unter sich aufgeteilt. Tags darauf war Kerstin zu ihren Eltern gefahren, sie tauschten ein paar übertriebene Briefe und führten aufgeregte Telefongespräche. Als Kerstin nach zwei Wochen von ihren Eltern zurückkam, war tatsächlich alles zu Ende. Weiteren Streit gab es nicht. Kurz darauf hatte Ortwein bei einer Examensfeier Ulrike kennen gelernt.

Ortwein legte die Zeitung beiseite. Auf seinem Schreibtisch lag eine neue Akte, eine einfache Strafsache. Es wäre wohl das Beste, sie einem der jüngeren Kollegen zu überlassen. Die Eigentumssachen waren jetzt viel komplizierter.

Fünfzehn Jahre, dachte Ortwein. Eine lange Zeit! Die Schulzeit dauerte dreizehn, das Studium sieben. Ortwein war jetzt zweiundvierzig. Er holte einen Taschenrechner aus der Schublade seines Schreibtischs. Fünfzehn Jahre waren mehr als ein Drittel seines Lebens. Und wenn er rechnete, dass er mit siebzehn zum ersten Mal mit einer Frau geschlafen hatte, dann machte, von da an gerechnet, die Zeit mit Ulrike exakt drei Fünftel aus.

»Donnerwetter«, sagte Ortwein leise.

Abends, im Bus hinaus an den Stadtrand, schaute er nach jungen Frauen. Er versuchte sich vorzustellen, wie es sein müsste, wenn er mit einer zum ersten Male intim würde. Es gelang nicht so recht. Also musste er sich an einen Fall erinnern. Am besten gleich an Ulrike. Sie lag damals auf der Ausziehcouch in seinem Zimmer; er kniete davor auf dem Boden. Unter Küssen und Streicheln hatte er ihr das T-Shirt über den Busen und die Jeans ein wenig hinuntergezogen; dabei hatte sie ihm geholfen. Er hatte sich damals gefragt, wie Ulrikes Busen wohl aussähe, wenn sie stände oder wenigstens aufrecht säße. Und kurz darauf hatte er zum ersten Mal den kleinen, an den Rändern gezackten Blutschwamm auf ihrer linken Bauchseite gesehen. An diesem Abend hatten sie noch nicht so recht miteinander geschlafen. Doch jetzt kam es Ortwein vor, als wäre schon damals alles so selbstverständlich gewesen, wie es heute immer noch war.

Zu Hause angekommen, war er allein. Seitdem sie in dem Haus am Stadtrand wohnten, fuhr Ulrike oft die Kinder zu Freunden. Ortwein zog eine alte Hose an und ging in den Keller, wo er seit Tagen arbeitete. Er hatte versucht, die dunkelgrüne Farbe von der alten Holzvertäfelung zu waschen, und als das nicht gelang, damit begonnen, alles herauszureißen. Mit einer großen, gebogenen Zange fasste er jetzt die Paneele knapp neben der Stelle, wo sie auf den Leisten saßen, sie zerbrachen mit einem hellen Splittern. Als die dritte Wand beinahe frei war, fiel hinter den Brettern etwas zu Boden. Ortwein hob es auf. Es waren eine vergilbte Tageszeitung, ein paar Münzen in einer kleinen Tüte und ein handgeschriebener Segensspruch.

Ortwein schüttelte den Kopf. Er kannte den Vorbesitzer des Hauses nicht. Wann, hatte der geglaubt, würde man seine Paneele abnehmen? Vielleicht wenn die Münzen schon selten und wertvoll sind? Ortwein sah auf das Datum der Zeitung, keine fünfundzwanzig Jahre war sie alt. Er faltete sie auf, dabei brach sie in den Falzen. Vorsichtig blätterte er durch den politischen Teil, er überflog die Schlagzeilen: Alle großen Politiker längst abgetreten, die meisten tot, ein paar internationale Konflikte, an die er sich gar nicht erinnerte.

Dann kamen die Sportnachrichten. Und plötzlich war sich Ortwein ganz sicher, das Spiel seiner Mannschaft, über das ausführlich berichtet wurde, mit Schulfreunden gesehen zu haben. Er schaute noch einmal auf das Datum, es musste hinkommen. Damals eine unerwartete Niederlage des Favoriten gegen einen Neuling. Ortwein sah es genau vor sich: wie sie nach dem Spiel in einem Zug schweigender Fans vom Stadion zur Bushaltestelle gegangen waren. Er rechnete nach; es musste ein paar Wochen vor der Versetzung in die Oberprima gewesen sein.

Ortwein blätterte zurück und las ein paar der Artikel. So saß er noch, als seine Frau mit den Kindern in den Keller kam. »Wie weit bist du?«, sagte sie.

Ortwein sah hoch. Ulrike musste damals vierzehn gewesen sein, sie kam aus einer anderen Stadt, Fußball interessierte sie wenig. »Fast fertig«, sagte er. Dann zeigte er, was er gefunden hatte. Die Frau las den Segensspruch.

»Klemmen wir auch was dahinter?«

Ortwein schüttelte den Kopf. Er wolle die Löcher sauber zuspachteln und alles weiß streichen, das lasse den Raum viel größer scheinen. Ulrike war einverstanden.

Am nächsten Morgen, einem Freitag, blieb Ortwein in der Mitte des Busses bei der Tür stehen und beobachtete genau, wer ein- und ausstieg. Als eine junge Frau darunter war, die in Frage kam, drückte er sich langsam durch die Passagiere, bis er schräg hinter ihr zu stehen kam. In einer Kurve tat er, als verliere er ein wenig die Balance, ließ sich leicht gegen die Frau fallen und berührte dabei, als er seine Hände nach oben brachte, wie um einen Halt zu suchen, ihren Busen. »Entschuldigung«, sagte er.

»Macht nichts«, sagte die junge Frau. Sie wies auf eine der Griffstangen. »Halten Sie sich doch daran fest.« Kurz darauf stoppte der Bus, und Ortwein stieg aus.

Bis zur Kanzlei musste er zwei Straßen weit gehen. Er versuchte genau zu rekapitulieren, was er gespürt hatte. Es war natürlich nur ein Test gewesen, eine Art Experiment. Er müsste sich unbedingt hinzudenken, wie sie irgendwo alleine säßen, er und die Frau, vielleicht im Hinterraum eines Lokals. Wie sie langsam zu reden aufhören und wie er den Moment abpasst, von dem an er sicher damit rechnen kann, dass sie sich berühren lässt.

»Nein«, sagte Ortwein. Nein, so konnte er es nicht erfahren, dafür war alles viel zu schnell gegangen.

Gegen vier telefonierte er mit Ulrike. Er bleibe heute länger im Büro und esse in der Stadt. Es könne nach zehn werden, vielleicht sogar elf.

»Schade«, sagte Ulrike.

Bis gegen neun arbeitete Ortwein ein paar langwierige Zivilsachen auf, dann aß er in einem Restaurant um die Ecke. Gegen zehn ging er durch das Kneipenviertel, und schließlich betrat er eine Diskothek, aus der gerade ein paar junge Frauen kamen. Doch drinnen waren nur sehr wenige Gäste. Ortwein trank ein Bier, dann ging er wieder. In einer anderen Diskothek war es ähnlich. Von der Toilette rief er Ulrike an; sie solle nicht auf ihn warten, es werde ganz spät, und er nehme wahrscheinlich ein Taxi. Danach schaltete er das Handy aus.

Erst gegen zwölf wurde es voll in der Diskothek. Ortwein hatte noch ein Bier getrunken; als er davon aufstoßen musste, bestellte er einen Longdrink. Er saß auf einem Barhocker hinter einem kleinen Stehtisch in der Nähe der Tanzfläche. Den schmalen Gang von hier zu den Toiletten hielt er gut im Auge. Und wenn eine, besser zwei junge Frauen sich dorthin den Weg durch die Gäste bahnten, stand er rasch auf und versuchte, hinter sie zu kommen. Meistens gelang es. Einmal kam er einer so nah, dass von den Knien an aufwärts keine Hand mehr zwischen sie gepasst hätte. Er roch ganz deutlich das Parfüm, und ein paar Haare, die der Frau aus einer Spange gerutscht waren, berührten ihn im Gesicht. Danach ging er zu seinem Tisch zurück, schloss die Augen, stützte den Kopf auf die Arme, hielt gegen die laute Musik zwei Finger fest in die Ohren gedrückt und versuchte wieder, sich alles vorzustellen.

Ortwein blieb, bis die Diskothek geschlossen wurde. Es war gegen drei. Auf der Straße roch er an seinem Jackett, es war voller Rauch. Nach Hause konnte er jetzt eigentlich nicht. Langsam ging er in Richtung Kanzlei. Da hörte er aus einem Hauseingang gegenüber einen leisen Schrei. Er blieb stehen; eine junge Frau kniete dort auf dem Boden und tastete mit den Händen.

»Kann ich Ihnen helfen?«, sagte Ortwein, als er herangetreten war.

Die Frau sah an ihm hoch. »Mir ist der verdammte Scheißschlüssel runtergefallen«, sagte sie. Wahrscheinlich war sie betrunken.

»Lassen Sie mich mal.« Vor der Haustür war es dunkel. Ortwein hockte sich neben die Frau auf den Boden, doch er sah nichts. »Haben Sie ein Feuerzeug?«, sagte er.

Noch immer auf den Knien, griff die Frau in ihre Jackentasche. »Hier!« Sie hielt ihm eine Schachtel Streichhölzer hin. Ortwein nahm eines heraus und rieb es an. Auf dem Boden war nichts zu sehen. »Ein Schlüsselbund oder ein einzelner Schlüssel?«

Die Frau blies sich ein paar Haare aus dem Gesicht. »Ein einzelner Schlüssel.«

Ortwein roch ihren Atem. Er rieb noch ein Streichholz an und beugte sich weiter vor. »Der ist unter die Tür gerutscht.« Er sehe da etwas blinken.

»Wie bitte!«, rief die Frau. »Der Scheißschlüssel ist schon drin?« Sie fluchte.

»Ja«, sagte Ortwein, »aber nicht sehr weit. Haben Sie irgendetwas Langes und Dünnes?«

Die Frau fuhr mit beiden Händen in die Taschen ihrer Jacke und zog das Futter heraus. »Was langes Dünnes?« Sie lachte. »Nein, hab ich nicht, was langes Dünnes.«

Ortwein rieb ein drittes Streichholz an. Dann nahm er die Hand der Frau. Sie habe doch sehr schlanke Finger. Er werde ihr die Stelle zeigen, vielleicht reiche sie heran. Auf den Knien kam die Frau nach vorne zur Tür. Sie tastete, und Ortwein führte ihr die Hand. »Ja!«, sagte sie; sie stöhnte einmal. »Aua!«, rief sie, aber Ortwein ließ ihre Hand nicht los. Schließlich hielt sie den Schlüssel hoch.

»Lassen Sie«, sagte Ortwein. »Ich mache das schon.« Er stand auf, öffnete die Tür und schaltete das Licht im Flur an.

Die Frau kniete noch im Eingang am Boden. »Ich komme nicht hoch.« Sie winkte. »Los, helfen!«

Ortwein setzte einen Fuß in die Tür und half der Frau mit Mühe auf die Beine, zweimal rutschte sie ihm aus den Armen, und als er sie hinein führte, schlug ihm die schwere Haustür hart gegen die Schulter, bevor sie ins Schloss fiel. Sie waren gerade bei den Briefkästen, da ging das Licht aus, sofort war es stockdunkel. Ortwein brachte die Frau dazu, sich gegen die Flurwand zu lehnen. Schwer atmend stand er vor ihr.

»O Mann«, sagte die Frau aus dem Dunkel. »Spitzenszene. Werd' ich jetzt auch vergewaltigt?«

Bis zum Lichtschalter waren es ein paar Schritte. Ortwein wollte die Frau loslassen. Sie sagte etwas, das er nicht verstand. Er hörte ein Geräusch, sie schien zu fallen. Schnell drückte er sie mit dem ganzen Körper gegen die Wand.

»Was soll das? Ich steh' doch wie eine Eins.«

Ortwein hielt die Frau bei der Taille. Vorsichtig machte er einen halben Schritt zurück. Er sah jetzt wieder; etwas Licht fiel durch ein Fenster über der Haustür in den Flur. »Geht es?«, sagte er.

»Klar«, sagte die Frau.

»Dann hören Sie jetzt bitte gut zu. Gestern«, sagte Ortwein, »gestern vor exakt fünfzehn Jahren habe ich zum letzten Mal mit einer anderen Frau geschlafen. Danach nur noch mit meiner. Mit meiner Frau. Mit Ulrike.«

»Ach du liebe Güte«, sagte die Frau.

»Ja«, sagte Ortwein. »Ich habe es ausgerechnet. Das ist mehr als ein Drittel meines Lebens.«

»Und jetzt?«, sagte die Frau.

»Würden Sie bitte still halten«, sagte Ortwein. Langsam fuhr er der Frau mit der rechten Hand unter die Jacke. Sie griff danach, aber das brachte sie aus dem Gleichgewicht. Sie fing sich, indem sie sich mit beiden Händen gegen die Wand stützte.

»So ist gut«, sagte Ortwein. Er war jetzt unter ihr T-Shirt gekommen.

»Was machst du da?«, sagte die Frau.

»Einen Test«, sagte Ortwein. »Ich bin mir sicher, ich brauche nur eine kleine Erfahrung.« Die Frau trug keinen BH. Ihre Brust fühlte sich rund und warm an.

»Ach«, sagte die Frau. »Eine kleine Erfahrung?«

»Ja«, sagte Ortwein. »Dann schaffe ich den ganzen Rest.«

»Ich verstehe«, sagte die Frau. »Soll ich dich vielleicht auch küssen? Wäre das gut für die kleine Erfahrung?«

»Ja bitte«, sagte Ortwein.

»Mit oder ohne Zunge?«

»Wie Sie wollen«, sagte Ortwein, und sie küssten sich. Der Kuss schmeckte nach Alkohol und Zigaretten. Dann standen sie eine Zeit lang schweigend und ohne Bewegung. Unter seiner Hand fühlte Ortwein das Herz der Frau gleichmäßig schlagen.

»Und?«, sagte sie. »War's das jetzt? Oder geht es noch irgendwie weiter?«

Ortwein zog langsam seine Hand hervor. »Nein«, sagte er. »Danke. Ich denke, das reicht.« Und er bitte sehr um Entschuldigung.

»Schon okay«, sagte die Frau. »Ein ganzes Drittel. Das ist schon was.« Dann bekam sie einen Schluckauf. »Ich glaub'«, sagte sie, »ich komm' jetzt zurecht.«

»Wirklich?«, sagte Ortwein.

»Tschüss«, sagte die Frau.

Mit ein paar schnellen Schritten war Ortwein durch die Tür und auf der Straße. Er begann zu laufen, da fiel ihm ein, dass er den Schlüssel noch bei sich hatte. Er ging zurück zum Hauseingang, wischte den Schlüssel an der Hose ab und wollte ihn unter der Tür hindurchschieben. Doch er hielt inne. Er horchte. Hinter der Tür war alles ruhig. Ortwein drehte sich um und ging.

Fünf Minuten waren es bis zum nächsten Taxistand.

Und als Ortwein in den Wagen stieg, hatte er beschlossen, den Keller doch wieder mit Holz zu täfeln. Er würde gelaugtes Holz nehmen, das sieht auch hell und freundlich aus. Hinter die letzte Leiste würde er wieder eine Tageszeitung klemmen. Vielleicht fand er noch eine mit den großen Meldungen vom letzten Herbst. Und natürlich den Schlüssel.

Der Fan

Mit etwa fünfzehn, noch knapp in den sechziger Jahren, begeisterte sich Kastner für eine damals kaum populäre amerikanische Rockgruppe, besonders für deren Leadsänger, der außerordentlich lange, hellrote und lockige Haare trug. Kastner sammelte alles, was es über die Gruppe gab. Das waren anfangs nur ein paar Artikel und Bilder, er heftete sie an die Wände seines Zimmers. Die ersten Platten der Gruppe hörte er noch auf dem Koffergerät seiner Eltern. Er gründete einen offiziell anerkannten Fanclub; eine Zeit lang waren die einzigen Mitglieder er und sein bester Freund. In der Schule wurde Kastner wegen alldem verspottet; zu Hause gab es immer wieder Streit mit den Eltern, denen die ganze Richtung nicht behagte. Besonders schlimm wurde es, als Kastner sein Haar, das auch einen leichten Stich ins Rötliche hatte, sehr lang wachsen ließ.

Aber die Gruppe hatte Erfolg. Es häuften sich die Artikel in Zeitungen und Zeitschriften, es gab die ersten Auftritte im Fernsehen. Und ein paar Jahre lang war Kastner, als der Gründer des ersten hiesigen Fanclubs, sogar über die Grenzen seiner kleinen Heimatstadt hinaus, freilich nur im Kreis der Interessierten, eine bekannte Figur. Er plante und leitete die Treffen der Fans, er verteilte offizielles Werbematerial, besonders die begehrten Autogrammkarten; und als er anlässlich eines Konzertes der Gruppe im Fußballstadion einer nahen Großstadt eine Busfahrt dorthin organisierte, interviewte ihn die Lokalredaktion. Zwei Tage später erschien der Artikel, daneben ein Bild, das ihn mit den anderen Leitern der Fanclubs zeigte, wie sie sich um die Mitglieder der Gruppe postierten.

Ein paar Jahre vergingen. Die Rockgruppe stieg auf, beinahe zu den ganz Großen. Eine Tournee durch Asien war ein Welterfolg. Der Film darüber lief in dem kleineren der beiden Kinos, und Kastner beredete den Inhaber, eine Vorstellung spätabends für ihn alleine zu geben, damit er sich den Film kopieren konnte, mit einer aufs Stativ gebauten Kamera im Format Super 8.

Später begann die Zeit der Affären und Skandale. Mitglieder der Gruppe wurden festgenommen und wegen Rauschgiftbesitzes anklagt, der Leadsänger heiratete eine junge englische Adlige und ließ sich kurz darauf von ihr scheiden, bei einem Konzert in Südafrika kam es zu blutigen Unruhen. Schließlich drohte sich die Gruppe im Streit zu trennen. Da war auch schon die Rede von schwerwiegenden Steuervergehen.

Kastner nahm dies alles sehr mit. Für einige Zeit verteidigte er in den Fanmagazinen die beschönigenden Pressemitteilungen der Plattenfirma, auch wenn ihm das scharfe

Vorwürfe einbrachte. Endlich schlug er sich selbst zu denen, die ein Schuldbekenntnis und einen Neuanfang forderten: Das sei der einzige Weg zur Rettung. Aber es fruchtete nichts. Die Trennung wurde vollzogen, der Leadsänger nahm eine Soloplatte auf, die nicht mehr in die Hitparaden kam. Schließlich wurde es ruhig um ihn und um alle.

Kastner war damals knapp zwanzig. Seine Haare trug er nicht mehr so lang wie der Sänger, dafür hatte es mehrere Gründe gegeben. Was er gesammelt hatte, nahm er nach und nach von den Wänden seines Zimmers und räumte es in Mappen und Kartons. Nur zwei, drei besondere Teile hängte er in die erste eigene Wohnung, darunter das Zeitungsfoto und eine Urkunde für die Fanclub-Arbeit, auf der alle Gruppenmitglieder unterschrieben hatten. Gelegentlich tauchte der Name des Leadsängers noch in Zeitungen oder Zeitschriften auf, meist in Verbindung mit irgendwelchen Skandalen; doch wenn dann jemand Kastner darauf hinwies, lächelte der nur oder zuckte die Achseln.

So wurde Kastner fünfundvierzig. Er hatte mehrmals Ausbildung und Arbeitsplatz wechseln müssen, bis er vor einigen Jahren durch einen glücklichen Zufall in eine Branche geraten war, die von der Osterweiterung dauerhaft profitierte. Von einem Tag auf den anderen musste er alles stehen und liegen lassen, dafür hatte er jetzt einen vergleichsweise sicheren Posten. Eher spät und erst in seiner neuen Heimat hatte er auch geheiratet. Sie bekamen zwei Kinder, eines würde demnächst zur Schule gehen.

Da, eines Abends, als er noch spät und alleine im Kabelprogramm einen englischen Musiksender sah, kam es Kastner in den Sinn, sich zu erkundigen, was aus dem Leadsänger geworden war. Er rechnete nach, der Mann musste im nächsten Monat sechsundfünfzig werden. Vorausgesetzt, er lebte, denn vermutlich wäre die Meldung seines Todes, wenn sie überhaupt erschiene, heute so klein, dass man sie leicht übersehen könnte. Am nächsten Morgen hatte Kastner seinen Vorsatz wieder vergessen, aber im Laufe der folgenden Wochen erinnerte er sich ein-, zweimal daran. Schließlich war das Erste, was er tat, einen jüngeren Kollegen zu fragen, der sich für Rockmusik interessierte.

»Ja der!«, sagte der Kollege. Das sei schon so einer gewesen! Wo der stecke? Er habe da keinerlei Ahnung, aber er wolle sich gerne dahinter klemmen. Einige Tage später sprach er Kastner an. »Der ist verschollen«, sagte er. So etwas sei ihm noch nie passiert. Im Internet komme schließlich niemand abhanden. Aber außer ein paar historischen Einträgen habe sich nichts gefunden. Jedenfalls sei damit sicher, dass er nichts mehr mit der Branche zu tun habe.

»Schau an«, sagte Kastner. Seitdem dachte er häufiger an die Sache. Einmal stellte er sich den Leadsänger als heruntergekommenen Trinker in einer amerikanischen Großstadt vor, wie er im Rausch seinen Kumpanen von früheren Erfolgen und großen Ausschweifungen erzählte, dann wieder als einen Familienvater in einer Vorstadt des Mittleren Westens, wie er am Samstagnachmittag mit seinen Kindern im Garten spielte, während drinnen im Haus seine alten Hits liefen.

Wieder ein paar Wochen später schrieb Kastner an die Plattenfirma, und als man ihm dort nicht helfen konnte, an eine deutsche Rock-Zeitschrift. Es blieb ohne Erfolg. Kastner sprach darüber mit seinem Kollegen. Der wunderte sich. Es könne doch so jemand nicht vollkommen verschwinden.

»Ich wundere mich nicht«, sagte Kastner. Er schlug mit einer zusammengerollten Nummer der Zeitschrift auf die Kante seines Schreibtischs. In der Musikbranche gebe es ja praktisch nur junge Leute; und die interessiere es nun mal einen Dreck, was vor fünfundzwanzig Jahren passiert sei.

»Ja, vielleicht«, sagte der Kollege.

Am selben Abend stieg Kastner auf den Speicher, nahm die Mappen und Kartons mit seiner Sammlung hervor und sah die Stücke einzeln durch: die Zeitungsartikel, die er auf DIN-A-4-Blätter geklebt oder in Klarsichthüllen gesteckt hatte, dann abgeheftet in Ordnern mit Rückenschildern aus von Hand kopierten Plattencovern; seine Korrespondenz als Leiter des Fanclubs, ebenfalls säuberlich abgeheftet; die selbst gemalten Statistiken über die Notierung aller Titel in den Hitparaden; die Eintrittskarten zu den Konzerten, einige davon zerrissen und sorgfältig wieder zusammengesetzt; viele Mappen mit Fotos, der Starschnitt aus der *Bravo* und die Rolle mit dem Schmalfilm; Aufnäher und T-Shirts. Schließlich die Lederjacke mit dem Namen der Gruppe in Nieten auf Schultern und Armen. Und natürlich die Platten, die Kassetten mit den Konzertmitschnitten und den Interviews im Radio. Bis in die Nacht saß Kastner über den Sachen, dabei lief leise die Musik. Und als er am Ende noch einmal alles durchging, fand er ein Foto der englischen Adligen, unter dem ihr voller Mädchenname stand. Er faltete es zusammen und steckte es in sein Portemonnaie.

Ein paar Tage später suchte Kastner ein britisches Konsulat auf, erklärte dem Beamten sein Anliegen und reichte ihm das Foto.

Der Beamte, ein Mann in mittleren Jahren, sah das Foto an und schüttelte den Kopf. Auskünfte privater Natur dürfe er grundsätzlich nicht geben.

»Und wenn ich Sie herzlich bitte?«, sagte Kastner. Er sei einmal Fan einer Gruppe gewesen, deren Leadsänger diese Frau geheiratet habe. Er nannte den Namen der Gruppe.

»So?«, sagte der Beamte. Er lächelte und reichte das Foto zurück. »Meine Landsleute sind bodenständig«, sagte er. »Lesen Sie englische Telefonbücher.« Das sei immer eine anregende Lektüre. Er grinste. Er persönlich empfehle das Telefonbuch der Gegend um Reading.

Kastner bedankte sich, fuhr zur Hauptpost und ließ sich die Telefonbücher geben. Noch am selben Tag schrieb er mehrere Briefe an verschiedene Adressen, die ihm viel versprechend schienen, und schickte sie ab; doch sie blieben unbeantwortet. Als er daraufhin neue Briefe schrieb und versicherte, keine Ansprüche gegen irgendjemand zu hegen, erhielt er nur die Bitte eines englischen Rechtsanwalts, von weiteren Anfragen abzusehen.

»Es ist verrückt«, sagte Kastner zu seiner Frau, als sie abends durch den Garten gingen. Wie man so verschwinden kann! Er sammelte das Spielzeug vom Rasen und warf es in den Sandkasten.

»Es verschwinden so viele«, sagte die Frau.

»Wieso?«, sagte Kastner. Im Krieg, ja, vielleicht! Aber doch nicht heute. Und unter solchen Umständen! Nach einer solchen Karriere. Er nahm ein paar Papierchen aus dem Sandkasten und steckte sie in die Tasche. »Ein Fußballstadion voller Fans«, sagte er. »Bis auf den letzten Platz besetzt.« Am Ende hätten alle seinen Namen geschrien. Und er, Kastner, habe da schon neben ihm auf der Bühne gestanden.

Tags darauf setzte Kastner eine mehrsprachige Anzeige in alle Musikzeitschriften, die sein Kollege ihm hatte nennen können. Darin versprach er demjenigen einen nennenswerten Betrag, der ihm Konkretes über den Leadsänger oder seinen Aufenthalt würde mitteilen können.

Und diesmal hatte Kastner Erfolg. Er erhielt etwa drei Dutzende Briefe und Anrufe. Musiker aus der Szene erzählten wilde Geschichten; Frauen berichteten umständlich von Vaterschaften und Vaterschaftsklagen; Manager redeten von Prozessen, und ein paar alte Fans behaupteten, mit ihm, Kastner, früher korrespondiert zu haben. Doch nichts von all dem, was man ihm sagte oder schrieb, reimte sich zusammen. Und wenn es um die Gegenwart ging, wusste niemand etwas Bestimmtes. Anfangs legte Kastner sich ein Verzeichnis der Hinweise an, aber bald sah er ein, dass keine echte Spur darunter war. Schweren Herzens gab er es auf. Und beinahe hätte er alles wieder vergessen, als er schließlich, fast ein Jahr war vergangen, noch einen Brief bekam.

Es war ein Samstagmorgen im April. Kastner war früh mit den Kindern in den Garten gegangen, um dort für den kommenden Sommer Ordnung zu schaffen. Gegen halb zehn rief ihn der Briefträger von der Straße her an und reichte ihm den Brief über den Zaun. Kastner las den handgeschriebenen Absender und stand ein paar Sekunden lang vollkommen still. Eine Stadt, von der er noch nie gehört hatte. In Amerika. Die Kinder stießen ihn leicht in die Seite; er machte eine unwillige Geste, sagte etwas, und sie liefen ins Haus. Der Name in Blockbuchstaben, nicht wie auf den Autogrammkarten. Kastner riss eine Ecke des Umschlages auf. Die Gartenerde an seinen Fingern schwärzte das Papier. Er schob den Zeigefinger in das Kuvert, dann hielt er inne.

Er sah sich um. In den angrenzenden Gärten war es noch ruhig. Unter dem Vogelhaus des Nachbarn saß eine dicke schwarze Katze, und in dem künstlichen Fischteich spiegelte sich die Sonne. Auf der Straße hielt gerade der Auslieferungswagen einer Tiefkühlfirma.

In Amerika ist es jetzt noch Nacht, dachte Kastner. Vielleicht sogar erst später Abend. Er nahm den Finger aus dem Kuvert und drückte die schwarze, eingerissene Ecke glatt, dann trug er den Brief ins Haus. Er stellte einen Scheck über die versprochene Summe aus, legte ihn in einen Umschlag, den beschriftete er und ließ ihn die Kinder zur Post tragen. Bis zum Nachmittag arbeitete er weiter im Garten; spätabends steckte er den Brief in eine Klarsichthülle und heftete ihn, so wie er war, ganz hinten in den Ordner mit der Korrespondenz des Fanclubs.

Darüber kam seine Frau ins Zimmer. »Ich kann nicht schlafen«, sagte sie. »Was machst du?«

»Nichts mehr«, sagte Kastner. »Ich komme gleich.«

Vater

Nach vielen regnerischen Tagen hatte ein Vater endlich einen sonnigen, ja warmen Oktobernachmittag lang im Garten arbeiten können. Er hatte alles für den Winter vorbereitet, hatte die trockenen Zweige zu einem Herbstfeuer geschichtet, da bemerkte er mit einem Mal, dass er seinen vierjährigen Sohn, der mit ihm in den Garten gegangen war, seit vielleicht einer Stunde nicht mehr gesehen oder gehört hatte. Sogleich ließ er die Arbeit fallen. Er suchte das Kind im Haus und auf der Anliegerstraße, vergeblich; schließlich lief er, ohne der abwesenden Mutter eine Nachricht zu hinterlassen, in das Waldstück, das die Siedlung von den zum Fluss hin abfallenden Wiesen und Feldern trennte und durch dessen Mitte die Trasse der Umgehungsbahn führte. Laut rief er dabei den Namen des Jungen.

Dieser Junge, das einzige Kind, hatte kurzes und bräunliches Haar, er trug jetzt die Montur, die er für gewöhnlich trug, wenn er mit dem Vater im Garten war. Der Junge war ein angenehmes Kind, ein liebevoller, wenngleich etwas naiver Charakter. Nie war er bislang von zu Hause weggelaufen; und für einen wie ihn, fürchtete der Vater, müsste das Weglaufen besonders gefährlich sein.

Etwa eine halbe Stunde lief der Vater durch das Waldstück, stieg dabei immer wieder die Trasse zur Umgehungsbahn hinauf, weil er in den Gleisen die mit Abstand größte Gefahr sah; doch dann wusste er nicht mehr, wohin er sich wenden sollte. Wieder stieg er die Trasse hinab durch das fast vollkommen verwilderte Gesträuch. Und endlich, an einer fast unzugänglichen Stelle, in einem zugewachsenen Graben, sah er seinen Sohn: Der stand, fast nackt, bäuchlings an einen Baum gebunden. Ein Tuch steckte in seinem Mund, und ein Mann im mittleren Alter machte sich an ihm zu schaffen.

Mit einem Aufschrei stürzte sich der Vater in den Graben. Derart gewarnt, ließ der Mann das Kind und lief davon. Ohne sich groß zu bedenken, lief ihm der Vater hinterher; und so rannten die beiden, laut atmend, ja keuchend, in kurzem Abstand über die gleichen Hindernisse aus umgestürzten Bäumen, unter den niedrigen Ästen hinweg über den feuchten, tiefen Waldboden, bis sie das freie Feld erreichten. Hier schien der Mann der Schnellere zu sein. Vielleicht war er unter diesen Bedingungen der bessere Läufer, vielleicht spornte ihn die Hoffnung an. Denn da, wo das Waldstück mit einer Ausbuchtung beinahe an den Fluss grenzte, stand, am Ende eines unbefestigten Holzwegs, ein alter Opel Kadett. Jetzt wusste der Vater, was es galt. Doch wie er sich auch anstrengte, der Mann erreichte den Wagen mit gutem Vorsprung. Den verlor er aber, als der Motor nicht beim ersten Mal startete; so dass der Vater zur Stelle war, als sich der in Fluchtrichtung gewendete Wagen in Bewegung setzte. Mit einem Rest an Kraft sprang der Vater auf die Motorhaube und hielt sich an den Scheibenwischern. Vielleicht verzog der Mann darauf im Schreck das Lenkrad, vielleicht war er schon zuvor beim Rangieren von dem schmalen Holzweg abgekommen. Jedenfalls glitt der Kadett seitlich in den Morast, und die Räder drehten durch.

Schreiend vor Schmerz rutschte der Vater von der Motorhaube ins Unterholz. Er rappelte sich auf. Doch bevor er die Beifahrertür erreichen konnte, hatte der Mann sie verriegelt, ebenso die Fahrertür. Gegen die schlug und trat der Vater. Der Motor heulte, als der Mann zu entkommen versuchte. Immer tiefer wühlten sich die Räder in den Morast, nach hinten spritzte es nass und schwarz. Schließlich versoff der Motor, und es wurde überraschend still.

Da kam dem Vater die ganze Lage zu Bewusstsein. Ein Werkzeug, um den Mann aus dem Wagen zu holen, besaß er nicht. Außerdem musste er endlich tun, was er eben versäumt hatte: seinen Sohn aus der furchtbaren Lage befreien. Doch wenn er jetzt ginge, so würde der Mann mit Sicherheit entkommen. Bliebe er hingegen, was geschähe dann mit seinem Sohn! Es wurde sehr rasch kälter, und vielleicht war das arme Kind verletzt. Ja, wer weiß, wie sehr sich der Zustand des Jungen schon verschlimmert hatte, da sein eigener Vater, statt sich um ihn zu kümmern, diesen Mann hier verfolgte.

Der Vater schrie vor Wut. Er trat wieder mit seinen Gummistiefeln gegen den Wagen, stieg aufs Dach und sprang von da, ohne jeden Erfolg, ein paarmal auf die Frontscheibe, er rief die abscheulichsten Flüche gegen den Mann im Kadett. Einmal war er sogar schon fast hundert Meter laut weinend in Richtung der Trasse gegangen, doch da er sich umwandte und sah, wie der Mann, jetzt schon fast im Schutze der Dunkelheit, die Fahrertür einen Spaltbreit öffnete, da lief er brüllend zurück und setzte seine machtlosen Versuche fort. Dabei sah er beständig seinen Sohn vor sich, in dieser entsetzlichen Lage, vielleicht furchtbar verletzt, frierend oder erstickend oder sterbend vor Angst.

Endlich kam dem Vater eine Idee. Tatsächlich war der Tankdeckel an dem alten Auto unverschlossen, er öffnete ihn, riss sich einen Ärmel vom Hemd und stopfte ihn halb in die Öffnung. Mit dem Feuerzeug, mit dem er das Herbstfeuer hatte anzünden wollen, versuchte er, den Stoff in Brand zu setzen. Das gelang ein ums andere Mal nicht, die Flamme erlosch. Da packte der Vater den Kadett an der hinteren Stoßstange und schüttelte ihn so lange, bis das Benzin den Stoff vollkommen durchtränkt hatte. Als er jetzt die nur mehr winzige Flamme des Feuerzeugs nah an den Stoff brachte, fing der augenblicklich Feuer; mehr noch: In der gleichen Sekunde zerriss eine gewaltige Explosion das Fahrzeug.

Polizei und Feuerwehr waren in sehr kurzer Zeit zur

Stelle, eigentlich alarmiert von der heimkommenden Mutter. Und obwohl beide Männer tot und bis zur Unkenntlichkeit verbrannt waren, ahnte man den Zusammenhang. Die darauf veranlassten Maßnahmen hatten zur Folge, dass kaum eine halbe Stunde später der Junge gefunden wurde, leicht verletzt, nicht unbedenklich verkühlt und vollkommen verstört, aber fürs Erste außer Gefahr.

Bankrott

Wollgast wollte ein Ende machen. Es war fast leer auf der Autobahn. Als er nach der lang gezogenen Kurve das Gaspedal bis zum Anschlag trat, stieg die Geschwindigkeit des Wagens rasch auf über einhundertachtzig. Bis zur Eisenbahnbrücke waren es noch etwa tausend Meter.

Wollgast hatte es immer wieder erwogen. Doch es gab da nicht den geringsten Zweifel, es war ihm alles gescheitert. Vor drei Monaten war er zu Hause ausgezogen. Sie stritten sich schon um Geld. Wenn es stimmte, was Marion sagte, dann weigerten sich die Kinder, ihn zu besuchen. Und seine Agentur stand eindeutig vor dem Bankrott. Doch das Schlimmste, hatte er sich gesagt, war, dass er merkte, wie er an allem die Lust verlor.

Jetzt kam die Eisenbahnbrücke in Sicht. Wollgast drückte den Oberkörper in die Lehne. Er würde zuvor auf die Standspur fahren, um das Mauerwerk an der Hangseite möglichst frontal zu treffen. Bei einem schrägen Aufprall könnte sich der Wagen überschlagen und auf die Gegenfahrbahn geraten. Das musste vermieden werden. Wollgast fuhr die Strecke seit Jahren, er hatte alles zigmal durchgespielt, schon als er noch gar nicht so weit war.

Dreihundert Meter vor der Brücke zog er hinüber auf die Standspur. Was er wohl noch spüren wird? Zuerst schiebt sich der Motorblock in den Fahrgastraum und schlägt ihm die Beine weg, dann schleudert es ihn durch die Scheibe gegen die Mauer, und schließlich zerdrückt ihn der Wagen. Natürlich im Bruchteil einer Sekunde; die Überlebenschance war praktisch gleich Null.

Noch hundert Meter. »Ich tue es«, sagte Wollgast laut. Er fühlte sich ruhig und sicher. Seine Hände lagen unten auf dem Lenkrad, die Ellenbogen auf den Schenkeln. Der Tacho zeigte knapp zweihundert. Die Mauer kam näher. Jetzt nur ein wenig nach rechts lenken! – Doch Wollgast hielt ganz still. Der Wagen zitterte im Luftsog, als er so nah an der Mauer vorbeifuhr. Wollgast hielt das Pedal durchgetreten, er blieb auf der Standspur, überholte rechts einen Laster, dann zog er nach links und ließ den Wagen langsamer werden. Am nächsten Autobahnkreuz wendete er und fuhr zurück zu seiner Wohnung.

Es war ein warmer Sonntagabend spät im September. Wollgast schaltete den Fernseher ein und öffnete eine Flasche Rotwein. Also das war Todesnähe!, sagte er sich. Man hätte es in Zentimetern messen können. Dann sah er auf die Uhr. Es war noch hell draußen. Morgen wird das Gespräch mit seinem wichtigsten Kunden sein. Durch eine Indiskretion hatte Wollgast erfahren, dass er seinen größten Etat verlieren sollte. Also würde er von jetzt an nicht einmal mehr Geld haben, seine Angestellten in der Agentur zu bezahlen. Mit ein paar laufenden Zahlungen war er schon bedenklich im Rückstand, spätestens zu Weihnachten würde man dem Büro das Licht sperren und das Telefon abstellen.

»Egal!«, sagte Wollgast laut. Er stellte sich vor, wie es sein würde, morgen. Er wird dasitzen und das umständliche Gerede seines Kunden anhören. Der wird ihm zunächst Vorwürfe machen. Und er wird jammern: Man sei mit der Wirkung der letzten Kampagne alles andere als zufrieden, die Absicht sei nicht getroffen und so weiter. Dann aber wird er kalt werden. Es tue ihm leid, natürlich. Doch in diesen Zeiten müsse eben jeder sehen, wofür er sein Geld ausgebe.

»Geh doch zum Teufel!«, sagte Wollgast laut. Und steck dir deine Absichten wohin du willst! Er wird den Kunden freundlich verabschieden. Seine Zeit, wird er sagen, sei ein bisschen knapp bemessen. Der soll sich vorkommen, als habe man ihn hinausgeworfen.

Und dann wird Wollgast aufstehen und durch die Zimmer der Agentur gehen. »Alle entlassen!«, wird er rufen. »Alle arbeitslos! Ab, nach Hause!«

Die Angestellten werden ihn ansehen. Sie werden alle zu reden beginnen, alle gleichzeitig und durcheinander. Sie haben es natürlich geahnt, aber keiner wird es wahrhaben wollen.

Im Grunde ein blöder Haufen, dachte Wollgast. Es wird ihm Freude machen zu sehen, wie sie sich bemühen: Ob man nicht dies und das noch unternehmen könnte? Woher man vielleicht kurzfristig Kredite bekäme? Was noch nicht ganz verloren sei und so weiter. Doch er wird abwinken und gehen. Schon in der Tür, dreht er sich noch einmal um. »Ein Missverständnis«, sagt er. Der Agentur gehe es blendend. Nur sie seien alle entlassen.

Der Rotwein war nichts für die Jahreszeit. Wollgast trug die Flasche in die Küche und schüttete den Inhalt ins Spülbecken. Dann nahm er seine Jacke von der Garderobe und verließ die Wohnung. Er schloss nicht ab, den Fernseher ließ er laufen. Vom Bürgersteig aus sah er hoch, sein Schlafzimmerfenster stand ein wenig offen. Wollgast nahm einen kleinen Stein vom Boden, einen Moment lang wollte er ihn gegen das Fenster werfen, dann steckte er ihn in die Tasche.

Mit der U-Bahn fuhr Wollgast in die Innenstadt. Am Bahnhof stieg er aus. Er wollte eine Zeitschrift kaufen, doch als er vor dem großen Regal in der Buchhandlung stand, konnte er sich nicht entscheiden. Er durchquerte den Fußgängertunnel, fuhr die Rolltreppe hinauf und ging langsam an den Nachtlokalen vorbei. Es war dunkel geworden. Ein paar Türsteher sprachen ihn an: Was er hier geboten bekomme, sehe er nirgendwo sonst. Wollgast sagte jedes Mal »Danke nein« und ging langsam weiter.

An der ersten Kreuzung blieb er stehen. Auf der anderen Straßenseite schoben zwei Polizisten einen gefesselten Mann in einen Einsatzwagen. Dann fuhren sie mit Blaulicht davon. Wollgast schaute dem Wagen nach, da fasste ihn eine junge Frau beim Arm. »Hallo!«, sagte sie. »Willst du dich nicht ein bisschen verwöhnen lassen?«

Wollgast sah die Frau an. Sie trug hohe Stiefel, schwarze Handschuhe, einen kurzen, engen Rock und eine Nietenjacke mit Reißverschluss, alles aus schwarzem Leder. »Tut mir leid«, sagte er. »Ich bin pleite.« Er lachte kurz. »Ehrlich. Ich stehe vor dem Bankrott.«

Die Frau schüttelte den Kopf, dann nahm sie Wollgasts linke Hand und hob sie zu sich hoch. Das habe sie gern, sagte sie, Typen mit einer Rolex am Arm, die ihr erzählen, sie seien pleite. Sie zog den Reißverschluss an ihrer Jacke herunter und drückte die Schultern zurück. »Wenn du mich nicht geil findest, kannst du das ruhig sagen.«

Wollgast sah auf die Uhr. »Du hast Recht«, sagte er. »So muss man es machen.« Dann streifte er die Uhr über die Hand und hielt sie der Frau hin. »Da!«, sagte er. »Nimm!« Was er denn dafür bekomme?

Die Frau nahm die Uhr und strich mit dem Finger über das metallene Armband. »Ich weiß nicht«, sagte sie. »Die machen heute doch alles nach.«

»Stimmt.« Wollgast nickte. Aber wenn sie echt sei, bringe sie an jeder Ecke locker dreitausend.

»Ich weiß selbst, was Rolex kosten«, sagte die Frau. Sie biss sich auf die Unterlippe. »Pass auf. Wir gehen zu jemand, der sich damit auskennt.«

»Nichts da!« Mit einer schnellen Bewegung nahm

Wollgast die Uhr zurück. »Du musst dich jetzt entscheiden. Dein Risiko! Entweder du machst was für die Uhr, und zwar sofort. Oder es wird nichts mit uns beiden.«

Die Frau fuhr sich mit der Hand durchs Haar.

»Außerdem hast du mich angequatscht. Und nicht andersrum.«

Die Frau zog den Reißverschluss wieder nach oben. »Okay«, sagte sie. »Aber vorher die Uhr.«

»Kein Problem«, sagte Wollgast.

Die Frau zeigte auf die Lichtreklame eines Hotels schräg gegenüber. Sie machte einen Schritt, aber Wollgast blieb stehen.

»Was ist?«

»Ich hab nicht gesagt, dass ich ficken will. Ich hab nur gesagt, du sollst was machen. Und zwar hier.«

»Bist du bescheuert?«, sagte die Frau.

Wollgast verzog das Gesicht. »Hör's dir an«, sagte er. »Ich will, dass du dir den Rock über den Hintern ziehst und ein Weihnachtslied singst.«

»Du spinnst wohl«, sagte die Frau.

»Ich habe noch was vergessen. Du musst ein bisschen die Beine spreizen. Du weißt schon wie.«

Die Frau tippte sich an die Stirn. »Ein Weihnachtslied«, sagte sie. »Jetzt im Sommer!« Er solle sich lieber zum Teufel scheren.

»Stell dich nicht an«, sagte Wollgast. »Eine Rolex für ein Lied. So gut wirst du nie wieder bezahlt werden.« Er hielt die Uhr hoch. »Außerdem«, sagte er, »ist seit fünf Tagen Herbst.«

Die Frau trat vor ihn hin und nahm ihm die Uhr aus der Hand. »Damit wir uns richtig verstehen«, sagte sie, »Rock hoch, Beine breit, Weihnachtslied singen. Ist es das?«

»Das ist es.«

»Noch irgendwelche Sonderwünsche?«

Wollgast schüttelte den Kopf.

»Wäre *Stille Nacht* angenehm?«

»Bestens.« Wollgast machte ein paar Schritte zurück und lehnte sich gegen eine Plakatsäule. »Bleib da stehen«, sagte er. »Und dreh dich um. Schau in die andere Richtung!«

Die Frau streifte die Uhr über ihr Handgelenk, zog den kurzen Rock bis zur Taille hoch und drehte Wollgast den Rücken zu. Dann spreizte sie die Beine. Schon waren ein paar Passanten stehen geblieben.

»Los jetzt!«, sagte Wollgast. »Und laut. Ich will was hören.«

Die Frau begann zu singen. Sie trug halterlose schwarze Strümpfe und einen schwarzen Tangaslip. Die Arme hatte sie abgewinkelt, ihre Hände mit den schwarzen Handschuhen hielten den Rock, an ihrem linken Handgelenk leuchtete die Uhr. In wenigen Augenblicken stand es im Halbkreis um sie herum. Männer riefen, eine Frau lachte laut und kreischend. Als sie mit der ersten Strophe fertig war, hörte die Frau auf zu singen.

»Zugabe!«, rief ein Mann aus der Menge. »Zugabe!« Die Frau schaute Wollgast über die Schulter an.

»Zweite Strophe«, sagte er.

»Ich kann nur die eine.«

Wollgast schlug mit der flachen Hand gegen die Säule. »Dann eben die erste noch mal!«

Die Frau begann wieder zu singen, und sofort fielen alle Umstehenden ein. Von der Straße her kam Autohupen. Die Stimme der Frau war nicht mehr zu hören.

»Genug jetzt!«, sagte Wollgast.

Aber die Frau schüttelte den Kopf. Sie wiegte sich einmal in den Hüften, mit der linken Hand schlug sie sich auf den nackten Hintern, die rechte hob sie hoch und tat, als dirigierte sie die Menge. Alle sangen, es klang jetzt beinahe wie ein Chor.

»Aufhören!«, schrie Wollgast. »Sofort aufhören!«

Aber das Singen wurde noch lauter. Aus der Menge trat einer vor, sein Bass übertönte die anderen, er sang in einer Sprache, die Wollgast nicht verstand. Ein Zweiter stellte sich neben ihn und legte ihm einen Arm um die Schultern. Da stieß sich Wollgast von der Säule ab. Er begann sofort zu laufen, er bog in die erste Seitenstraße, und er lief, so schnell er konnte. Ihm wurde bald schlecht vor Anstrengung, doch er lief weiter, quer über eine Kreuzung zu einer haltenden Straßenbahn. Völlig atemlos stieg er ein und löste eine Karte, die Bahn fuhr los, drei Haltestellen weiter wechselte Wollgast in eine U-Bahn.

Auf der Bank ihm gegenüber saßen zwei Ausländer. Sie sprachen leise miteinander, der eine zählte dabei etwas an den Fingern ab. Langsam kam Wollgast wieder zu Atem. Er schabte sich ein paarmal mit der Fahrkarte über die Stirn, an der Kante des Papiers blieb eine milchige Masse. Es stach in seiner Brust, nur mit Mühe schaffte er es, sich nicht zu übergeben.

»Nein«, sagte er leise. Es ist längst nicht alles zu spät. Außerdem lag es immer noch ganz an ihm. Das Treffen mit dem Kunden könnte auch anders verlaufen. Er hatte ja immerhin nichts zu verlieren. Und wenn er dem Mann das Gefühl geben könnte, ihm sei an dem Etat wenig gelegen, dann würde der vielleicht unsicher werden. Der älteste Trick der Welt, dachte Wollgast. Tu so, als seien dir die anderen egal, und schon wollen sie dich nicht verlieren. Da wurde seine Station angesagt.

Wollgast stand auf. Und er kann Marion anrufen. Er kann ihr seine Lage schildern. Geld ist jetzt ein heikles Thema. Aber sie muss mit den Kindern reden. Er ist schließlich der Vater. Jeder hat ein Recht, seinen Standpunkt zu vertreten.

Als er die U-Bahn-Station verließ, merkte Wollgast, dass er den falschen Ausgang genommen hatte. Das war ihm noch nie passiert. Er lachte und schlug sich mit der flachen Hand gegen die Stirn. Jetzt musste er zurück über die Straße. Es herrschte immer noch dichter Verkehr. Mitten auf dem Gehweg blieb Wollgast stehen. Er schloss ganz fest die Augen. So wartete er eine kurze Weile, bis er glaubte, es sei etwas stiller geworden. Dann ging er los. Den Bordstein schaffte er noch. Zwei Schritte später stolperte er. Sofort öffnete er die Augen; er konnte nichts dagegen tun.

Der Voyeur

Bergbrede warf das Protokoll vor sich auf den Schreibtisch. Dann stieß er sich mit den Händen ab und rollte auf dem Drehstuhl gegen die Wand. »Völliger Blödsinn«, sagte er. »Und? Warst du hart?«

»Ich war hart«, sagte Flamm. »Ich habe ihm nicht erlaubt zu rauchen, und ich habe ihm keinen Kaffee angeboten.«

»Gut.« Bergbrede nickte. »Dann muss ich also weich sein?«

»Stimmt«, sagte Flamm. »Die von der Sitte hatten ihn vorher. Und denen hat er dieselbe Geschichte erzählt.«

»Wir sind hier nicht bei der Sitte«, sagte Bergbrede. »Überhaupt die Sitte! Den ganzen Tag diese Perversen. Am Anfang ist es interessant, dann kotzt es einen an, später kriegt man vielleicht Mitleid. Und am Ende hat man Verständnis.«

»In einer halben Stunde ist Gegenüberstellung«, sagte Flamm.

»Ich übernehme das«, sagte Bergbrede. »Und es stimmt wirklich, ich muss weich sein?«

»Ja«, sagte Flamm. »Ich war hart, du musst weich sein.«

Im Nebenzimmer saß Scherger, der Mann, der am Morgen im Stadtpark, unweit des Kinderspielplatzes, von verdeckt operierenden Fahndern verhaftet worden war. Er saß auf einem Holzstuhl, quer vor einem Schreibtisch, seinen linken Arm hatte er aufgestützt, den Kopf in die Hand gelegt. Er trug einen hellen Mantel. Als Bergbrede eintrat, stand er auf.

»Sitzen bleiben, sitzen bleiben«, sagte Bergbrede. Er zündete sich eine Zigarette an und hielt Scherger die Packung hin. »Rauchen Sie?«, sagte er. »Nehmen Sie nur. Und Kaffee vielleicht?« Er telefonierte. »Kommt gleich. Der Automat auf diesem Flur ist im Arsch.«

»Danke«, sagte Scherger.

Bergbrede zog einen Stuhl heran und setzte sich Scherger gegenüber. »Hier ist ein Protokoll«, sagte er und hielt dabei die Blätter hoch. »Schlecht! Furchtbar schlecht. Völlig unglaubwürdig. Und eine Beleidigung! Ja«, er schlug auf die Blätter, »eine Beleidigung für jeden denkenden Menschen. Und Sie wollen uns doch nicht beleidigen, oder?«

Scherger hielt die Zigarette zwischen den Fingern. »Kann ich Feuer haben?«, sagte er.

Bergbrede legte sein Feuerzeug auf den Schreibtisch. »Vorschlag zur Güte«, sagte er. »Wir vergessen diesen Quatsch und fangen noch einmal von vorne an. Wir zwei. Wie ist das? Anfangen, als wäre nichts gewesen.«

Scherger nahm das Feuerzeug und entzündete die Zigarette.

»Also los«, sagte Bergbrede. »Ich mach's Ihnen leicht. Waren Sie heute Morgen im Stadtpark?«

Scherger rauchte zwei Züge, dann drückte er die Zigarette aus. »Ja«, sagte er.

»Sehen Sie«, sagte Bergbrede. »Es geht ja! Es ist ganz leicht. Nächste Frage. Warum waren Sie im Park?«

»Ich war im Park«, sagte Scherger. »Ich bin oft im Park. Einfach so. Ich beobachte, was es zu sehen gibt. Diesmal gab es einen Voyeur zu sehen.«

»Einen Exhibitionisten.«

»Falsch«, sagte Scherger. »Ich habe das Ihren Kollegen schon gesagt, Ihnen sage ich es gerne noch einmal. Der Mann, den ich beobachtete, war ein Voyeur. Ein sehr stiller Mann, sehr unaufdringlich. Er trug nicht einmal ein Fernglas bei sich.«

»Es gibt aber ernst zu nehmende Hinweise auf einen Exhibitionisten.«

»Entschuldigen Sie, wenn ich insistiere«, sagte Scherger. »Ich denke, ich kann diesen Irrtum aufklären. An derselben Stelle beobachtete ich früher einmal einen Exhibitionisten, ein leidenschaftlicher und offenbar unvorsichtiger Mensch. Ich beschloss damals, mich von ihm fern zu halten. Man könnte es eine Trennung nennen. Heute Morgen war nun ein Voyeur zur Stelle. Doch dann kam es zu dieser tragischen Verwechslung.« Er dachte einen Moment nach. »Genau genommen zu zweien. Oder zu einer doppelten. Wie Sie wollen.«

Bergbrede stöhnte. »Also wieder diese Geschichte?«, sagte er. »Ich bin enttäuscht.« Es klopfte an der Tür, ein Polizist brachte zwei Plastikbecher mit Kaffee auf einem kleinen Tablett.

»Und der Rest der Geschichte?«, sagte Bergbrede. »Dabei bleiben Sie auch?«

»Ja«, sagte Scherger.

»Keine Chance für uns zwei?«

»Es ist die Wahrheit, und ich kann nicht lügen.«

Bergbrede schob das Tablett beiseite. »Sie beobachten also Voyeure?«

»Ja«, sagte Scherger, »wenn welche zu beobachten sind. In der U-Bahn kann man gelegentlich Männer sehen, die sich an Frauen drängen. Und auf der Straße die Besucher von Sexshops, Pornokinos und Peepshows, manchmal die Kunden von Prostituierten. Eine breite Palette, aber Sie haben Recht, die Voyeure überwiegen.«

»Überwiegen?«, sagte Bergbrede. »Haben Sie sie einmal gezählt?«

»Ach«, sagte Scherger. Er lachte leise. »Führen wir nicht alle innerlich ein wenig Buch? Oder setzen uns gelegentlich irgendwohin, nur mit unseren Erinnerungen. Und wie viele Menschen schreiben ein Tagebuch. Ich übrigens auch, früher mit der Hand, jetzt im Computer.«

»Genug!« Bergbrede schlug mit der Faust auf den Tisch. Kaffee schwappte über das Tablett. »Wer in drei Teufels Namen soll Ihnen das abkaufen?«

»Mit dieser Überlegung habe ich mich nie befasst«, sagte Scherger. »Wie sicher allen Unterlagen zu entnehmen ist, lebe ich allein. Ich bin selbständig. Ich unterhalte wenig Kontakte.«

Bergbrede wischte etwas Kaffee von seinem Schuh. »Jetzt einmal Tacheles«, sagte er. »Wir sind hier nicht bei der Sitte. Warum, glauben Sie, dass wir im Stadtpark unterwegs sind? Wegen Männern mit Feldstechern? Von wegen! Es sind schlimme Dinge passiert, da im Stadtpark. Nicht bloß diese Spannereien.«

»Ich lese Zeitung«, sagte Scherger. »Es ist abscheulich! Aber wenn Sie annehmen sollten, dass ich einen gewalttätigen Sittlichkeitsverbrecher beobachtet haben könnte, dann täuschen Sie sich in mir. Was ich beobachte, ist vollkommen harmlos. Dafür kann ich garantieren.«

»Ach wirklich!«, sagte Bergbrede. »Mann! So ein richtiger Vergewaltiger. Mit allem Drum und Dran. Und den haben Sie sich entgehen lassen? So ein schönes Exemplar muss man doch in seiner Sammlung haben.«

»Sie verstehen mich nicht«, sagte Scherger. Er trank jetzt von dem Kaffee. »Ich bin weit davon entfernt, mich rechtfertigen zu wollen. Ich verstoße nicht gegen Gesetze. Aber bedenken Sie bitte, dass mein Interesse sich nur auf Menschen richtet, deren Tun, selbst wenn es anstößig sein mag, letztlich nichts anderes ist als eine Unterdrückung ihrer Leidenschaften.«

»Wie meinen Sie das?«, sagte Bergbrede. »Das verstehe ich nicht.«

Scherger stand auf. »Die Voyeure«, sagte er und machte ein paar Schritte in den Raum, »nehmen Sie zum Beispiel die Voyeure. Wie sehr müssen die sich wünschen zu berühren, was sie beobachten. Oder wenigstens ein paar Worte zu wechseln. Nicht wahr?« Er schlug sich mit den Händen auf die Seite. »Aber sie tun es nicht. Sie unterdrücken ihre Leidenschaft. Sie schauen bloß. Ebenso die Kinogänger. Oder die Männer im Sexshop.«

»Glauben Sie wirklich?«, sagte Bergbrede. »Ich denke eher –«

Scherger hatte nicht zugehört. »Ganz anders der Lustmörder!«, sagte er. »Allen Gefahren zum Trotz tut er, was er will. Er gibt sich mit nichts weniger zufrieden.« Er hob die Hände. »Ich will nicht missverstanden werden, es ist natürlich schrecklich. Ganz entsetzlich sogar.« Er setzte sich wieder und sah zur Seite. »Aber wissen Sie, mich interessiert das nicht im Geringsten.«

»Nein nein«, sagte Bergbrede. »Sie interessieren nur harmlose Spanner.« Er stand auf. »Und natürlich Ihr Tagebuch. Ihre Buchführung. Legen Sie eigentlich Listen an? Oder Statistiken?«

Scherger drehte sich ganz zur Seite und schwieg.

Bergbrede stülpte die Unterlippe vor. »Jetzt weiß ich es«, sagte er. »Sie erpressen die Leute.«

»Nein«, sagte Scherger. »Ich überfalle niemanden und

ich erpresse niemanden. Durchsuchen Sie ruhig meine Wohnung. Ich habe nichts zu verbergen.«

»Wichser!«, sagte Bergbrede leise.

Scherger lachte kurz. »Sie verbinden jetzt Dinge, die nicht notwendig zusammengehören.« Da wurde die Tür geöffnet, und ein Polizist gab ein Zeichen.

»Gegenüberstellung«, sagte Bergbrede. Er sah zur Decke. »Mein Gott, was kotzt du mich an.«

In dem Raum mit der dunklen Scheibe, in den der Polizist Scherger führte, standen einige Männer in seinem Alter. Sie trugen wie er helle Mäntel und hatten seine Größe. Scherger wurde belehrt, wie er sich zu verhalten hatte. Dann stand er zwischen den anderen und hielt ein Schild mit einer Zahl in der Hand. Aus dem Nachbarraum war nichts zu hören. Schließlich brachte der Polizist Scherger zurück ins Büro.

Bergbrede saß noch hinter dem Schreibtisch. Vor ihm lagen das Protokoll und Schergers Ausweis. »Du kannst jetzt gehen«, sagte er. »Ich glaube dir von deiner Geschichte kein Wort. Aber irgendeinen Dreck hast du am Stecken, da bin ich mir sicher.« Er schob den Ausweis herüber. »Sie hören noch von uns!«

Als Scherger das Polizeipräsidium verließ, wurde es dunkel. Er aß zu Abend, dann las er vor einem Kinocenter die Plakate der Spätvorstellungen. Langsam machte er sich auf den Heimweg, dabei kam er durch den Park. Er setzte sich auf eine Bank unter einer Laterne, zog ein kleines Notizbuch hervor und blätterte darin. Den Exhibitionisten hatte er über drei Monate lang nicht mehr gesehen. Vieles sprach dafür, dass der Mann endgültig seinen Bezirk gewechselt hatte, vielleicht war er gewarnt worden. Aber wie kam es dann, dass die Fahnder ausgerechnet hier operiert hatten? Der Überfall war doch ganz woanders geschehen.

Scherger verglich seine Eintragungen. Er verwünschte sich, den Exhibitionisten aufgegeben zu haben. Hätte ich ihn unter Kontrolle behalten, dachte er, dann wäre gar nichts passiert. Es war seine Schuld. Er durfte seine Objekte nie wieder so alleine lassen. Die Dinge eskalierten, wenn man sich von ihnen abwandte. Es sollte ihm eine Warnung sein.

Scherger wollte gerade aufstehen, als er hinter sich ein Geräusch hörte. Noch bevor er eine Bewegung machen konnte, hatte ihm jemand mit aller Kraft den Arm um den Hals gelegt und zugedrückt.

»Na, du Plaudertasche«, sagte ein Mann nahe an seinem Ohr. »Jetzt plauder' mal. Warst ja den ganzen Tag bei der Polizei, oder? Ich hab' dich rauskommen sehen. Komm, plauder' jetzt mal mit mir.« Der Mann drückte noch fester zu.

Scherger versuchte zu schreien. Er zog mit beiden Händen an dem Arm. Sein Kopf wurde heiß, und seine Schläfen schwollen an. Da ließ der Mann ein wenig los. »Ich sage: rede«, sagte er. »Rede, du versauter Hund!«

Scherger atmete keuchend. »Wer sind Sie?«, sagte er. »Ich kenne Sie nicht. Was wollen Sie von mir?«

Der Mann drückte wieder fester zu. »Scheiße«, sagte er. »Ich hätt's mir denken können. Du bist einfach nicht ehrlich.« Mit der freien Hand griff er nach Schergers Ohr und drehte es. »Zweite Chance«, sagte der Mann und ließ wieder locker.

»Sie sind der Exhibitionist«, sagte Scherger schnell. »Sie heißen Wenrich. Frank Wenrich. Sie sind Versicherungskaufmann. Sie leben getrennt, Ihre Frau hat Sie nach der ersten Verurteilung verlassen. Vor ein paar Monaten sind Sie umgezogen, in ein Hochhaus, es hatte sich alles herumgesprochen.«

»Gut«, sagte der Mann. »Sehr gut. Weiter!«

»Sie zeigen sich meistens älteren Damen. Am besten zweien oder dreien gleichzeitig.« Scherger stöhnte. »Es ist weniger die Empörung, die Sie suchen. Oder das Verstörende. Ich glaube, Sie wollen eher zeigen, wie lebendig Sie sind. Ihre Eltern wurden geschieden, manchmal tragen Sie ein schwarzes Kondom und wahrscheinlich sind Sie –«

»Ja genau«, sagte der Mann und drückte wieder fester zu. »Und dabei bin ich ganz harmlos, nicht wahr? Ich tue keiner Fliege was zuleide.«

Scherger versuchte zu nicken.

»Richtig«, sagte der Mann. »Ich bin harmlos. Und was hast du den Bullen gesagt?« Er ließ wieder locker.

»Nichts«, sagte Scherger, »nichts, ich schwöre es. Die haben außerdem mich im Verdacht.«

»Dich?«, sagte der Mann. »Das ist ja reizend! Damit kann ich leben.« Er drehte noch einmal Schergers Ohr, aber es war jetzt beinahe zärtlich. »Ich mach mich davon«, sagte der Mann. »Bleib ein paar Minuten sitzen. Und denk dran, ich behalte dich ab jetzt im Auge. Wenn bei mir die Bullen vor der Tür stehen, dann weiß ich, wem ich das zu verdanken habe, klar?« Er gab Scherger einen kleinen Schlag mit den Knöcheln auf den Hinterkopf. »Dann bist du dran, verstanden?« Endlich löste er seinen Griff, Blätter raschelten, dann war er verschwunden.

Scherger rieb sich den Hals. Sein Herz klopfte, und es sang in seinen Ohren. Sein Kopf schmerzte. Er wollte aufstehen, aber er fiel zurück auf die Bank. Er schloss die Augen. Was für ein Fehler! Ich habe den Mann falsch eingeschätzt, dachte er. Er neigt ja doch zu Gewalttätigkeiten. Scherger griff nach seinem Notizbuch. Anhand der Eintragungen musste er jetzt ermitteln, ob sich irgendwelche Anzeichen für Aggression schon früher einmal gezeigt hatten. Nicht auszudenken, wenn der Mann sich derart entwickelt hätte!

Als Scherger aufsah, stand Bergbrede vor ihm. »Hallo«, sagte der. »Nachts im Park und ganz allein? Sehr unvorsichtig.«

Scherger schwieg. Bergbrede setzte sich neben ihn. »Aber eigentlich ganz schön, dass wir uns noch einmal treffen«, sagte er. »Ich habe nämlich nachgedacht, verstehen Sie. Also passen Sie auf, ich sehe es so: Sie sind nicht unser Vergewaltiger, gut. Sie sind bloß ein mieser kleiner Perverser.« Er legte Scherger eine Hand auf die Schulter. »Ich glaube dir jetzt. Du spannst den Spannern hinterher. Das ist eklig, und dafür kriegt dich die Sitte am Kragen. Irgendwie. Die werden schon wissen, wie man das macht.«

»Das ist unerhört«, sagte Scherger.

»Halt's Maul«, sagte Bergbrede. »Du hast ja noch eine Chance. Pass auf: Du lieferst uns ein paar von deinen Sammlerstücken. Ein paar dickere Fische, verstanden. Und als Gegengabe lassen wir dich in Frieden. Die Kollegen von der Sitte habe ich schon gefragt. Die sind einverstanden. Dann kannst du weiter in deine Buchführung wichsen.« Er hob die Hand und schlug Scherger auf die Schulter. »Was sagst du?«

Scherger fühlte, gleich würde er nicht mehr atmen können. Da war ein Schmerz in seiner Brust. »Ich melde mich bei Ihnen«, sagte er mit der letzten Luft.

Erpresser

Als er spätabends an einem Samstag noch einmal in die Firma gegangen war, fand Lammers im Vorzimmer, das er sich mit seinem Kompagnon Geseke teilte, eine Aktentasche, die er nie zuvor gesehen hatte. Er nahm sie, trug sie in sein Büro und öffnete sie. Die Aktentasche enthielt einen losen Haufen von Dokumenten. In der Hauptsache waren es Briefe und Fotos, die seinen Kompagnon Geseke zwar nicht schwerer Verbrechen überführten, aber doch so hässliche Details seines Lebenswandels preisgaben, dass ihre Veröffentlichung, selbst im Bekanntenkreis, ihn unweigerlich die Existenz kosten müsste.

In einem ersten Impuls hatte Lammers die Dokumente gar nicht weiter studieren und die Aktentasche zurückstellen wollen. Doch er musste sich sagen, dass dann einerseits er selbst in einer quälenden Ungewissheit über das Ausmaß ihres Inhaltes bleiben würde. Während andererseits die Tasche in dem stark frequentierten Vorzimmer wer weiß wem in die Hände fallen konnte. Und selbst wenn sie das nicht tat, konnte sich Geseke niemals ganz sicher sein, dass nicht jemand in der Zwischenzeit ihren Inhalt zur Kenntnis genommen oder gar kopiert haben könnte. So las Lammers jeden Brief und studierte er die Fotos genau. Denn wenn er jetzt, so sagte er sich dabei, seinem Kompagnon Geseke nicht vorsätzlich schaden wollte, dann war er im Gegenteil dazu verpflichtet, möglichst allen Schaden von ihm abzuwenden.

Lange überlegte Lammers, was zu tun sei. Zunächst musste Geseke in völlige Sicherheit versetzt werden, dass niemand den Inhalt der Aktentasche mehr gegen ihn verwenden könnte. Außerdem aber musste er veranlasst werden, all die unappetitlichen Umstände, von denen die Dokumente zeugten, schleunigst und endgültig abzustellen, damit nicht in Zukunft wieder jemand die Handhabe bekäme, ihn damit zu erpressen und also auch mittelbar der Firma zu schaden. Nicht auszudenken, was das gerade jetzt, da die Ostgeschäfte sich so schlecht entwickelten, für Folgen hätte.

Aber wie bloß konnte Lammers vorgehen, ohne selbst in Erscheinung zu treten? In seiner Ratlosigkeit ließ er viel Zeit verstreichen. Er verwahrte die Aktentasche in einem häuslichen Safe, dessen Kombination er allein nur kannte. In der Firma beobachtete er Geseke und suchte bei ihm nach Anzeichen für eine Verstörung. Doch er fand sie so wenig, dass er schließlich zu glauben begann, Geseke wisse noch gar nichts von dem Verlust seiner schrecklichen Dokumente. Daher sandte er ihm, nach weiteren Tagen des Überlegens, ohne jeden Kommentar eines der Fotos, ein besonders inkriminierendes, um sicherzustellen, dass sich

Geseke seiner Situation endlich bewusst wurde. Und der zeigte auch, wie Lammers befriedigt zur Kenntnis nahm, deutliche Wirkung. Er erschien sogar einige Tage nicht in der Firma und war später fahrig und abwesend.

Jetzt hätte Lammers, das war ihm klar, rasch weiter handeln müssen. Doch er verfiel auf keine probate Lösung. Wie er es auch drehte und wendete, immer sah er sich auf unangenehme Weise in Gesekes ekelhafte Lebensumstände verstrickt. Als sich endlich dessen Zustand, wenn auch vielleicht nur für Lammers erkennbar, so weit verschlechtert hatte, dass man um ihn bangen musste, schickte ihm Lammers unter vielerlei Sicherheitsvorkehrungen einen sorgfältig fingierten Erpresserbrief. Das war nicht schön, aber es war, das musste er sich eingestehen, im Grunde das Einzige, was er tun konnte, um die Dinge ins Rollen zu bringen.

Nachdem er den Erpresserbrief erhalten hatte, glich Geseke einem Toten. Er saß den ganzen Tag regungslos auf dem Stuhl hinter seinem Schreibtisch. Und endlich konnte Lammers, der sich beim Anblick seines Kompagnons schon die heftigsten Vorwürfe machte, zur Tat schreiten. Unverbindlich erkundigte er sich nach Gesekes Befinden, er äußerte seine Sorge und bat, ihn ins Vertrauen zu ziehen. Tatsächlich schien Geseke auf ein solches Angebot nur gewartet zu haben. Fast weinend schilderte er Lammers die Situation, in der er sich glaubte. Und sofort bot der ihm an, alle weiteren Kontakte zu den Erpressern zu übernehmen, was Geseke mit Dank akzeptierte. Nur verlangte Lammers im Gegenzug, dass Geseke, sobald die Dokumente wieder in seiner Hand seien, besser noch sofort, seine Verhältnisse derart ordnen müsse, dass jeder weiteren Erpressung der Gegenstand genommen sei.

Geseke sagte alles zu. Lammers schrieb darauf weitere Erpresserbriefe, um die Modalitäten des Austauschs von Geld und Dokumenten festzulegen. Er wählte eine Summe, von der er wusste, dass Geseke sie mit Mühe, doch einigermaßen rasch und ohne fremde Hilfe würde zusammenbringen können. Schließlich legte er die Übergabe in ein Waldstück außerhalb der Stadt, gegen elf Uhr an einem Samstagabend.

Eine Stunde vor dem Termin hatte Geseke Lammers an den Rand des Waldstücks gefahren. »Ich weiß nicht, wie ich dir jemals danken soll«, sagte er, als Lammers, den Geldkoffer in der Hand, den Wagen verlassen wollte.

»Was ich tue, ist eine Selbstverständlichkeit«, sagte Lammers und ging in das Waldstück. Als er sicher war, allein zu sein, verließ er es auf der anderen Seite und fuhr mit dem Bus nach Hause. Er hatte arrangiert, dass er dort alleine war. Im Badezimmer brachte er sich eine leichte Verletzung am Arm bei und legte sich zu Bett, ohne sich wie vereinbart um Mitternacht zu melden. Erst gegen halb zwei rief er Geseke an und sagte, er könne jetzt nicht sprechen, aber vorläufig sei nichts zu unternehmen. Als Geseke fragen wollte, legte er auf.

Am nächsten Morgen in aller Frühe fuhr Lammers zu

Geseke, der ihn übernächtigt empfing. Sie gingen in ein Gartenhaus, wo sie ungestört waren, dort legte Lammers den Geldkoffer auf einen Tisch und öffnete ihn; alles Geld und alle Dokumente waren darin.

»Was ist passiert?«, rief Geseke.

»Was ich vermutet hatte«, sagte Lammers. »Der Mann sprach von weiteren Zahlungen. Er zeigte mir diese Sachen da. Er wolle sie Stück für Stück verkaufen.«

Inzwischen hatte Geseke die Briefe und Fotos durchgesehen. »Es ist alles da!«, rief er. »Alles!«

»Ich wollte verhandeln«, sagte Lammers. »Da wurde der Kerl aggressiv.« Er zog seinen Jackenärmel hoch und zeigte die Verletzung. Geseke schlug die Hände zusammen. Er fragte, was er fragen musste.

»Ich hatte keine andere Wahl«, sagte Lammers. »Was passiert ist, ist passiert.«

»Um Gottes willen!«, rief Geseke. »Aber was soll ich jetzt tun?«

»Nichts«, sagte Lammers. »Du tust überhaupt nichts. Ab jetzt ist das meine Geschichte.«

Nobelpreisträger

Mit Mitte vierzig erhielt Walterscheidt den Nobelpreis für Biochemie. Er galt da schon seit langem unter Fachleuten als ganz außergewöhnlich fähiger Mann; und nur der Umstand, dass er von Anbeginn seiner Forschung im Dienste eines Chemiegiganten stand, hatte diese letzte und größte Ehrung seiner Arbeit ein wenig hinausgezögert. Überhaupt war vieles an ihm anders. Im Gegensatz zu den Fachkollegen an den Universitäten, die zwar gut bezahlt wurden, aber doch eher wie bessere Angestellte lebten, war Walterscheidt durch einige Verfahren, die er nebenher entwickelt und patentiert hatte, ein schwerreicher Mann geworden. Im Winter zog er sich regelmäßig für vier Wochen in ein Haus in den Bergen zurück, das ihm zusammen mit dem ganzen Wald dahinter gehörte. Im Sommer verlegte er mit seinen engsten Mitarbeitern die Arbeit in ein Institut an der französischen Riviera, das er mit eigenen Mitteln eingerichtet hatte. Wer ihn kannte, wusste von seinen kostspieligen Hobbys, auf die er zu aller Erstaunen etliche Zeit wandte. So besaß er unter anderem eine Sammlung von Modellautos, deren kostbarste Stücke speziell für ihn in einer Schweizer Manufaktur nach alten Fotos und Plänen gefertigt wurden, sowie einen Keller mit wertvollen Weinen.

Allerdings lag, wie er es nannte, ein Schatten auf seinem Leben. Walterscheidt stammte aus kleinen, ja geradezu ärmlichen Verhältnissen. Schlimmer aber wog, dass er niemanden aus seiner Familie kannte, dem er mehr als eine halbwegs durchschnittliche Intelligenz hätte attestieren können. Nein, eine Überzahl von ihnen, und darunter sogar seine engsten Verwandten, hielt er für schlichtweg dumm, einige sogar für schwachsinnig.

Walterscheidt ertrug das nur schwer. Vor Jahren schon hatte er ein Institut mit der Erforschung seiner Familiengeschichte beauftragt. Man hatte ihm auch einen respektablen Stammbaum erstellt, doch ließ sich ein irgendwie und in welchem Fache auch immer bedeutender Mann unter seinen Vorfahren partout nicht finden. Spätestens seit diesem niederschmetternden Ergebnis war Walterscheidt, dessen Forschungen tief in das Gebiet der menschlichen Vererbungslehre vordrangen, vollkommen überzeugt, dass er selbst eine spektakuläre Ausnahme in der Erbfolge sei und seine Nachkommenschaft mit an Sicherheit grenzender Wahrscheinlichkeit in die familientypische Stupidität zurücksinken müsse. Einen dummen Sohn oder eine dumme Tochter aber ertrug Walterscheidt nicht einmal in Gedanken. Er war daher, um allem auszuweichen, unverheiratet geblieben.

Als Walterscheidt jetzt im Flugzeug nach Stockholm

saß, dachte er wieder über Kinder nach. Die Preisverleihung würde ein Einschnitt in seinem Leben sein. Zu dem Gewohnten käme nun, wenigstens für einige Zeit, eine große Popularität. Man würde sich um ihn reißen, jahrelang könnte er hoch dotierte Vorträge an allen Enden der Welt halten. Wenn er es wollte, könnte er seine Angelegenheiten noch einmal ganz neu ordnen. Die materielle Absicherung besaß er längst, jetzt winkte die Möglichkeit eines neuen Lebens.

Die Stewardess kam und fragte ihn nach seinen Wünschen. Walterscheidt winkte ab, um sich ganz auf den Gedanken an seine Zukunft zu konzentrieren. Und als die Maschine über Stockholm kreiste, war er sich sicher, dass jeder Plan dieses neuen Lebens ohne die Figur eines Stammhalters oder Erben unvollständig, ja geradezu lächerlich bleiben müsste. Warum ein ganzes Imperium von Wissen, Einfluss, Ansehen und Sympathie aufbauen, wenn es, zumindest in seinen wesentlichen Teilen, mit ihm untergehen würde? Wenn niemand davon berichten könnte! Missgelaunt verließ Walterscheidt das Flugzeug. Und nur mit großer Willensanstrengung absolvierte er die kommenden Tage auf eine Weise, dass keiner in ihm etwas anderes sah als einen der erfolgreichsten Männer unserer Zeit.

Wieder zu Hause, schloss sich Walterscheidt ein Wochenende mit seinem jüngsten Assistenten, den er manchmal ins Vertrauen zog, in dem Berghaus ein. Vor ihm entwickelte er alle Maßnahmen zur Erzeugung eines angemessenen Nachwuchses, die ihm in den Sinn gekommen waren; angefangen von der Heirat mit einer hochintelligenten Frau aus guter Familie bis zur Erziehung der Kinder in den allerbesten Schulen. Freilich konnte ihm auch der Assistent nur sagen, was er selbst wusste und was ihn bis aufs Blut quälte: dass nämlich, wenn Walterscheidt seine eigene Erbmasse für so minderwertig halte, in allen Fällen direkter Vaterschaft ein erhebliches Risiko bleibe. Walterscheidt war verzweifelt.

»Verlieben Sie sich!«, rief der junge Assistent spät in der Nacht, nachdem sie einige Flaschen Wein getrunken hatten. »Und nehmen Sie einfach alles in Kauf.« Aber Walterscheidt winkte nur ab.

Da stand der Assistent auf und trat an das Balkonfenster, von dem aus man ins Tal hinuntersah. »Dann zeugen Sie«, sagte er. Er hob sein Glas. »Und zwar auf Teufel komm raus!«

»Wie bitte?«, sagte Walterscheidt.

Der Assistent trat vor ihn und goss sich den Rest aus einer Flasche ins Glas. »Sie kommen jetzt viel herum«, sagte er. »Lassen Sie sich auf oberflächliche Liebschaften ein. An Gelegenheiten wird es nicht fehlen. Und seien Sie nicht wählerisch. Augen zu! Besuchen Sie Partys und Empfänge. Man wird auf Sie lauern. Und dann zeugen Sie! Versprechen Sie notfalls die Ehe, wenn Sie anders nicht zum Zuge zu kommen.«

»Und wozu das?«

»Die Magie der großen Zahl«, sagte der Assistent. »Darauf bauen wir doch alle, und wir Forscher ganz besonders. Unter ein, zwei Dutzend kann leicht eine glückliche Konstellation sein.« Er machte eine Geste mit beiden Armen. »Und wenn erst Ihre Nachkommenschaft massenhaft herandrängt, um sich Ihrer Vaterschaft zu bemächtigen, können Sie nach gründlicher Prüfung wählen.« Er nahm eine neue Flasche und suchte nach dem Öffner.

»Das spottet aller Moral«, sagte Walterscheidt.

»Nein«, sagte der Assistent. »Ein paar Alimente schaden nicht einmal Ihrem Vermögen.«

»Aber sie verhüten doch alle«, sagte Walterscheidt.

Der Assistent hatte die Flasche entkorkt. »Möglich«, sagte er. »Wahrscheinlich sogar. Allerdings ebenso wahrscheinlich, dass etliche es mit Absicht nicht tun.«

Walterscheidt atmete tief. »Ich kann das nicht alleine«, sagte er. »Und niemand darf je davon erfahren. Werden Sie mir helfen?«

»Sicher«, sagte der Assistent. »Ich bin Ihr Mann.«

Die nächsten Jahre waren, wie Walterscheidt es vorhergesehen hatte, eine bewegte Zeit. Der Chemiegigant, für den er arbeitete, tat angesichts des Nobelpreises das Äußerste, seinen besten Mann zu halten. Walterscheidt diktierte im Gegenzug Modalitäten, die es ihm erlaubten, wo und wann immer er wollte auf eigene Rechnung Geschäfte zu machen. Auf Einladungen hin reiste er um die ganze

Welt, oftmals stand er wochenlang nur per Telefon und E-Mail mit seinen Mitarbeitern in Verbindung.

Überallhin begleitete ihn dabei der junge Assistent; und der war unermüdlich, Walterscheidts berufliche wie gesellschaftliche Kontakte anzubahnen und zu steuern. Sehr erleichtert wurde beiden die Arbeit, als Walterscheidt drei Monate nach der Preisverleihung in einer Liste der begehrtesten Junggesellen erschien, die von Zeitschriften und Zeitungen rund um die ganze Welt nachgedruckt wurde.

Endlich kehrte wieder etwas Ruhe in Walterscheidts Leben ein, und alles schien ungefähr so, wie es vorher gewesen war, abgesehen freilich von der gewaltigen Steigerung an Vermögen und Einfluss. Im Kreise weniger Freunde feierte Walterscheidt seinen fünfzigsten Geburtstag. Nach Mitternacht bekam er ein Modell des Silver Ghost, das selbst einen Kenner wie ihn zu Begeisterungsrufen veranlasste.

Inzwischen hatten ihn schon etliche Klagen auf Vaterschaft erreicht. Sein Assistent, der eine mit mehrfachem Kennwort gesicherte Computerdatei aller relevanter Namen und Daten führte, koordinierte ganz alleine die Abwicklung und Überprüfung der Fälle. Einige Rechtsanwälte, die nichts voneinander wussten, betrieben nach seinen genauen Anweisungen eine Hinhaltetaktik innerhalb der Grenzen des Legalen. Da große Geldmittel zur Verfügung standen, verlief bis auf sehr wenige Ausnahmen alles in ruhigen Bahnen, und selbst in den Ausnahmefällen wurde kein großer Schaden angerichtet. In der Öffentlichkeit galt Walterscheidt weiterhin als ein Mann ohne Affären und ohne Allüren.

Wieder ein paar Jahre später, zum lange vorher vereinbarten Zeitpunkt, legte der Assistent im Berghaus die Bilanz vor, zu der er Schaubilder und Tabellen zeigte. Tatsächlich herrschte unter den Jungen und Mädchen, das bewiesen die Kurven deutlich, weniger als das Mittelmaß; aber in zwei Fällen immerhin standen die Chancen, dass bei entsprechender Erziehung durchaus brauchbare Menschen aus ihnen würden, erkennbar besser als gut.

Walterscheidt verglich sorgfältig das Material. Er betrachtete auch die Fotos, die man heimlich geschossen hatte. Nach allem, was er sah, konnte er der Einschätzung des Assistenten nur zustimmen. Schließlich holte er selbst eine Flasche Champagner aus dem Keller, öffnete sie und stieß mit dem Assistenten an.

»Heirat?«, sagte der, als sie getrunken hatten.

»Das hieße Verzicht auf eines von beiden.« Walterscheidt schüttelte den Kopf. »Nein. Adoption. Alle beide.«

Schon tags darauf veranlasste der Assistent das Nötige. Die beiden Mütter waren mit der Aussicht, dass ihre Ansprüche nicht nur erfüllt, sondern weit darüber hinaus befriedigt würden, schnell dazu überredet, sich von ihren Kindern zu trennen. Und schon zwei Wochen später, die schönste Zeit des Sommers hatte gerade begonnen, sollte das zweimotorige Flugzeug einer Chartergesellschaft den kleinen Jungen und das kleine Mädchen zu dem Institut an die Riviera bringen, wo Walterscheidt unruhig wartete. Bloß, über dem Gebirge geriet die Maschine in unerwartet schlechtes Wetter und prallte gegen eine entlegene Felswand, so dass die Leichen aller Insassen, darunter auch die des Assistenten, nur mit Mühe zu bergen waren.

Als er die Nachricht erhielt, brach Walterscheidt zusammen. Für ein paar Wochen befand er sich dann in einem Zustand, dass man um sein Leben fürchten musste. Kaum halbwegs genesen, beendete er alle seine Forschungen, entließ seine Mitarbeiter und kündigte dem Chemiegiganten, der daraufhin ein Verfahren gegen ihn anstrengte, indem er ihm unterstellte, er habe Forschungsergebnisse unrechtmäßig zum eigenen Nutzen verwendet.

Aber es kam zu keinem Prozess. Eines Nachts, allein in seinem Haus in den Bergen, als Walterscheidt zum wer weiß wievielten Male und natürlich wieder vergeblich versuchte, die Namen seiner lebenden Kinder aus der verschlüsselten Datei des Assistenten zu ermitteln, traf ihn ein Schlaganfall. Man fand ihn erst viel zu spät. Er lebte dann aber noch einige Jahre, halbseitig gelähmt und vollkommen sprachlos.

Notlügen

Ohne wirklich Probleme zu haben, nur um zu erfahren, wie das eigentlich war, besuchte Creferth einen Psychiater. Es war Freitag, ein warmer Tag im späten Sommer. Creferth beschrieb dem Psychiater eine Reihe von Problemen, die teils die seiner Freunde und Bekannten waren, teils solche, von denen er glaubte, er selbst könnte sie haben, wäre er nur weniger robust und willensstark. Der Psychiater hörte aufmerksam zu und schrieb auf ein einzelnes Blatt, dann bat er, über den Fall nachdenken zu dürfen. Sie vereinbarten weitere Termine.

Creferth war enttäuscht. Er hatte sich Antworten auf eventuelle Fragen des Psychiaters ausgedacht und sogar einen Teil seiner Lebensgeschichte neu erfunden. Auf dem Heimweg begann er, sich Vorwürfe zu machen. Das Honorar würde ihn nicht ärgern, aber schon sah er deutlich vor sich, wie er, wenn es sich derart hinzöge, das Interesse verlieren würde.

Zu Hause rief Creferth eine Bekannte an und schlug vor, gemeinsam einen Film anzusehen. Die Bekannte war leider verabredet. Darauf sprach Creferth einem Freund auf den Anrufbeantworter, dass er gleich ins Kino gehe und danach bestimmt noch in ein Lokal in der Nähe. Anschließend sah er die Post durch. Eine Zahnarztrechnung war von der Kasse nur teilweise bezahlt worden; er musste den Arzt um eine Bescheinigung bitten und die Materialrechnungen einsenden.

Vor dem Spielfilm aß Creferth in einem Restaurant. Auf die Frage nach seinem Elternhaus hätte er zum Beispiel geantwortet, er sei das jüngste von drei Kindern gewesen, der Vater bei seiner Geburt schon beinahe ein alter Mann, die Mutter eine patente Frau, aber durch die Situation vollkommen überfordert. Ein Greis und drei halbwüchsige Kinder. Trotzdem habe er keine unglückliche Jugend gehabt. Dass er jetzt geschieden war, hätte er ziemlich genau so erzählt, wie es war. Auch dass es schon fünf Jahre zurücklag und dass sie keine Kinder gehabt hatten. In solchen Dingen konnte man unmöglich lügen. Creferth zahlte und ging zum Kino. Er ging langsam, trotzdem war er viel zu früh.

In amerikanischen Filmen kam es immer wieder vor, dass Frauen ein Verhältnis mit ihren Psychiater hatten. Creferth flog geschäftlich fast jedes Jahr nach Amerika. Er konnte das bestätigen; manchmal sprachen seine Geschäftspartner darüber. Aber in Amerika war alles anders. Ein Psychiater zählte da nicht mehr als hier vielleicht ein Zahnarzt. Creferth wartete vor dem Kinoeingang; als der Freund nicht kam, kaufte er eine Karte und eine Dose Bier. Er betrat den Kinosaal und setzte sich ganz außen an den Gang.

Vielleicht ist es ein Fehler gewesen, dachte Creferth. Gerade begann die Werbung. Jedenfalls war es nicht anständig. Man ging ja auch nicht zum Arzt und klagte über Schmerzen im Leib, wenn man gar keine hatte. Genau betrachtet, nahm man anderen damit etwas weg; auch wenn man selbst bezahlte. Creferth trank einen letzten Schluck und stellte die Dose unter den Sitz. Und worauf läuft es hinaus? Am Ende untersucht einen der Arzt und findet tatsächlich einen bösartigen Tumor. Still, aber bösartig.

Kleine Sünden!, dachte Creferth. Er erinnerte sich an ein Buch, das sie im Religionsunterricht hatten lesen müssen: wie die kleinen Verfehlungen des Alltags sofort bestraft wurden. Creferth hatte damals nicht Partei für die Sünder ergriffen. Aber dass die Strafe immer auf dem Fuße folge, war ihm unglaubwürdig erschienen. Und das hatte er auch gesagt.

Der Film handelte von einem Paar, das sich trennen wollte. Sie teilten es einem befreundeten Paar mit, das darauf ganz entsetzt reagierte. Nach einer halben Stunde wusste Creferth, dass das erste Paar zusammenbleiben und das zweite sich trennen würde. Was soll ich noch hier?, dachte er. Er stand auf und ging hinaus. Natürlich war es jetzt zu früh, um in das Lokal zu gehen; der Freund käme frühestens in einer Stunde, wenn überhaupt. Creferth rief ihn mit seinem Handy an. Jetzt war der Anrufbeantworter ausgeschaltet, aber niemand meldete sich.

In dem Lokal war es ungewöhnlich leer für einen Freitag. Drei oder vier Paare saßen vereinzelt. Sonst lief hier immer leise Musik. Jetzt war es fast vollkommen still. Creferth bestellte ein Bier, trank es gleich und zahlte. Er überlegte, ob er eine Nachricht für seinen Freund hinterlassen sollte. Aber es war unwahrscheinlich, dass ihn hier jemand kannte. Es war jetzt nicht einmal halb zehn; Creferth ging langsam in Richtung Stadtpark.

Ich hätte es anders anfangen müssen, dachte er. Er hätte dem Psychiater nur ein einziges Problem schildern sollen, und außerdem eines, das wirklich zu ihm passte. Er ging an einem beleuchteten Schaufenster vorbei. Ein paar Kleiderpuppen standen nackt, die Rücken zu den Scheiben gewandt. Zum Beispiel hätte er sagen können, er leide darunter, dass ihm jetzt, mit vierzig, die Haare auszufallen begannen. Oder darunter, dass er alleine lebte.

In einer Fußgängerzone wurde Creferth von ein paar Jugendlichen auf Mountainbikes überholt. Er wusste, das war erlaubt, abends ab sieben oder acht. Außerdem waren die meisten Einbahnstraßen in der Stadt falsche Einbahnstraßen; das hieß, Radfahrer durften in beide Richtungen fahren.

Natürlich litt Creferth darunter, dass er alleine lebte. Aber wer würde nicht darunter leiden? Außerdem war seine Ehe ein Fehler gewesen, einwandfrei, und dass sie nur kurz gedauert hatte, geradezu ein Glück. Creferth war Einzelkind, und er hatte erst spät geheiratet. Er war an das Alleinsein gewöhnt. Creferth rechnete. Nach seinem Auszug aus dem Elternhaus hatte er dreizehn Jahre allein gelebt, dazu die letzten fünf, machte achtzehn. Dagegen standen vier Jahre mit Margot. Also nichts mit Leiden am Alleinsein! Genauso gut könnte er sich darüber beschweren, nur zwei Arme zu haben.

Da gab es ein zischendes Geräusch. Über die Bäume des Stadtparks hinweg sah Creferth eine Rakete aufsteigen und hoch am Himmel in einem grünen und weißen Ball zerplatzen. Richtig, heute begann der große Jahrmarkt. Creferth schlug die Richtung zu dem Platz am Rande des Stadtparks ein.

Wieder eine andere Möglichkeit: Er hätte die Wahrheit sagen können. Er hätte zum Beispiel zugeben können, dass er eine gewisse Neigung zum Lügen hatte. Natürlich nie, um anderen zu schaden! Als Junge hatte er, wenn eine Klassenarbeit zurückgegeben worden war, zu Hause in schlechtester Stimmung am Tisch gesessen und sich beinahe endlos bitten lassen zu sagen, was denn los sei. Dann hatte er seine Mutter umständlich auf eine schlechte Nachricht vorbereitet. Und schließlich, wenn schon alles vorab entschuldigt war, zeigte er das Heft mit der guten Note. Also vollkommen harmlos, nicht einmal eine richtige Notlüge.

Auf den Wegen im Stadtpark standen vereinzelt Leute und schauten hoch zu dem Feuerwerk. Creferth ging ein wenig schneller. Zwischen den Bäumen sah er die Lichter der Buden und Fahrgeschäfte. Schade, dass er schon gegessen hatte. Er hätte sich sonst ohne schlechtes Gewissen einen gebratenen Fisch oder einen Teller Gyros mit Zwiebeln kaufen können. Und danach eine Waffel mit heißen Kirschen.

Es war Hochbetrieb auf dem Jahrmarkt. Vor der Achterbahn stand eine lange Schlange, aus dem Bayerischen Biergarten kamen Stimmen und laute Musik, an der ersten Schießbude waren alle Plätze besetzt. Creferth nahm den mittleren Gang, vorbei an Autoscooter und Kettenkarussell. Gleich morgen früh würde er die Termine beim Psychiater absagen. Zum Glück war er Privatpatient; niemand würde ihn zur Rechenschaft ziehen. Und der Psychiater würde bestimmt nicht nachfragen. Wahrscheinlich brachen viele Patienten die Behandlung ohne jede Begründung ab.

Am Ende des Mittelganges stand wie immer das große Riesenrad. Creferth war noch nie damit gefahren; jetzt kaufte er eine Karte und stieg in einen der runden Körbe, an dessen Dach bunte Glühbirnen blinkten. Er kam zwischen einem Paar und zwei jungen Frauen zu sitzen, jemand zeigte ihm, wie er sich anschnallen sollte. Dann setzte sich das Riesenrad abrupt in Bewegung. Von oben sah Creferth weit über die Stadt, die Kirchtürme waren gegen den Himmel im Westen gerade noch zu erkennen. Von unten kam die Musik herauf; in der Abwärtsbewegung wurde sie rasch lauter, dann ließ sie wieder nach, ganz oben war es beinahe still.

Creferth zählte leise die Runden. Bei der zwölften sagte der Mann aus dem Paar, tagsüber seien nur acht oder höchstens zehn Runden üblich. Creferth nickte ihm zu. Als sie wieder ganz oben waren, blieb das Riesenrad stehen, der Korb pendelte merklich. Das sei ganz normal, sagte der Mann, es müssten ja alle der Reihe nach aussteigen; beim ersten Mal sei er auch erschrocken.

Aber Creferth vermochte sich nicht zu rühren. Der Schweiß war ihm ausgebrochen, mit der rechten Hand drückte er die Finger der linken. Etwas Heißes lief ihm wie elektrischer Strom langsam den Nacken herauf und seitlich am Kopf hoch. Die Gondel ruckte an und kam sofort wieder zum Stillstand. Dadurch wurde das Pendeln stärker. Das Paar küsste sich, die beiden jungen Frauen schauten weg und lachten. Wieder ein Rucken, wieder Halt.

Crefert sah durch das Gestänge des Riesenrads zu den Gondeln auf der anderen Seite. Es waren zwölf. Vielleicht auch fünfzehn. Also würde sich alles noch mindestens zehn Mal wiederholen, bevor er unten war. Allerdings wären die letzten Stationen sicher leichter zu ertragen, so kurz über dem Boden. Oder nicht?

Die beiden jungen Frauen beugten sich über den Rand der Gondel und riefen hinab. Von unten antwortete ihnen jemand, aber der verstand sie nicht, und sie verstanden ihn nicht. Sie riefen noch lauter; als das Pendeln beim nächsten Anhalten noch einmal stärker wurde, klammerten sie sich im Spaß aneinander.

Das ist jetzt die Strafe!, dachte Creferth. Als er ausatmete, zitterte er merklich. Wenn er es genau so denken würde, dann könnte er es vielleicht ertragen. Die Strafe für seinen überflüssigen Besuch beim Psychiater. Ihm auf dem Fuße gefolgt. Natürlich ist das absurd. Und vollkommen lächerlich. Also musste er es nur laut und deutlich denken, dann ginge dieser schreckliche und grundlose Anfall gleich wieder vorbei.

Doch es gelang nicht. Dabei wusste Creferth, dass er nichts, aber auch gar nichts tun konnte. Die anderen anzusprechen würde eine Katastrophe bedeuten. Auf keinen Fall durfte er weiter zählen, wie oft die Gondel anfuhr und anhielt. Ich muss nur vollkommen still halten, dachte er. So still, dass er sich glauben musste, es sei alles in Ordnung. Oder wenigstens gut zu ertragen.

Dann irgendwann war er unten. Ein junger Mann war in die Gondel getreten, um seinen Sicherheitsgurt zu lösen und ihm beim Aufstehen zu helfen. Creferth bemerkte es und tat, als sei er ein wenig abwesend. Er dankte dem jungen Mann. Um aus der Gondel zu kommen, musste er einen großen Schritt tun. Es gelang ihm das ohne Probleme. Langsam ging er durch den Mittelgang des Jahrmarktes davon. Erst im Park versagten ihm die Beine.

Creferth setzte sich auf eine Bank. Es sind nur die Beine, dachte er. Das war deutlich zu spüren. Gleich geht es wieder. Er zog sein Handy hervor und schaltete den Kalender ein. Bis zum nächsten Termin, den er mit dem Psychiater vereinbart hatte, blieben fünf Tage. Ich bin nicht ganz bei der Wahrheit geblieben, würde er sagen. Tatsächlich sei es ja diese dumme Höhenangst, derentwegen er gekommen sei. Aber man schäme sich halt leicht, solch einfache Dinge zuzugeben. Man mache sich lieber kompliziert. Statt zuzugeben, wie schlicht man sei. Und wie banal die großen Sorgen.

Oder so ähnlich. Vielleicht mit etwas weniger Pathos. Oder mit einem leichten Schuss Ironie. Creferth steckte das Handy wieder ein. Fünf Tage, da hatte er noch Zeit genug für die richtigen Worte.

Damenwahl

Im Mai wählte Hastenrath eine Frau. Sie stand vor ihm in der Schlange an den Kassen. Draußen schien die Sonne, und die Frau trommelte nervös auf dem Handgriff des Einkaufswagens.

Hastenrath sah ihr von hinten über die Schulter. Die Frau ist Anfang dreißig, mittelgroß und blond und unverheiratet. Sie hat einen Sohn von acht Jahren. Der Sohn wird tagsüber, während sie als Anwaltsgehilfin arbeitet, gelegentlich von einer Freundin betreut. Die Frau ist schlank, sie legt Wert auf Wohnung und Kleidung. Außerdem interessiert sie sich für Asien; einmal war sie in Thailand, einmal in Burma, nächstes Jahr will sie nach Japan fliegen.

Hastenrath hatte nur ein paar Kleinigkeiten gekauft, unauffällige Sachen, kaum bedeckten sie den Gitterboden des Einkaufswagens. Tarnung, dachte er heiter. Nichts als ein Vorwand. Dennoch war Hastenrath gewarnt. Unlängst hatte er bei einer solcher Gelegenheit Milch gekauft und dann, man könnte sagen aus Versehen, mit dem Milchtrinken angefangen. Nach all den Jahren, da er sich rein gar nichts aus Milch gemacht hatte! Aber, sagte er sich, kein Wort mehr darüber. Milch ist Milch.

Die Frau hatte dem Augenschein nach mit System eingekauft. Haltbare Dinge, kaum Schnickschnack; kein Wunder im Grunde, doch allemal ein gutes Zeichen. Als sie zahlte, gab sie einen Schein und suchte rasch das Kleingeld zusammen. Eine Tragetasche aus grauem Stoff hatte sie mitgebracht. Als sie einpackte, spürte Hastenrath wieder, wie sehr sie in Eile war. Verständlich bei der Doppelbelastung durch Kind und Beruf. In Richtung Ausgang lief sie beinahe.

Jetzt war es an Hastenrath. Nach kurzem Nachdenken entschied er, die Frau in zwei Tagen wieder zu treffen. Und zwar morgens, auf dem Weg zur Arbeit, im Bus. Gesagt, getan. Da saß sie auch wirklich in einer Viererecke. Hastenrath setzte sich ihr gegenüber, und während sie aus dem Fenster sah, beobachtete er sie genau. Sie ist doch eher Mitte als Anfang dreißig, sie hat halblange Haare mit rötlichen Strähnen und grünliche Augen. Auf der linken Wange hat sie eine Narbe, besser: eine Art Geflecht von dünnen, hellen Narben. Nach ihrer Geburt hat man vergessen, ihr Fäustlinge überzuziehen, da hat sie sich mit den Fingernägeln die Haut zerkratzt.

Einen Moment lang wusste Hastenrath nicht, was er davon zu halten hatte. Dann entschied er, darüber hinwegzusehen. Wir sind, dachte er, alle nicht mehr die Jüngsten. Haben den Karren schon oft gegen die Wand gefahren. Zu oft jedenfalls, um auf empfindlich zu machen.

Die Frau stand auf und drückte den Halteknopf. Für

heute sowieso genug, dachte Hastenrath. Man soll am Anfang nicht übertreiben. Allem Anfang wohnt ein Zauber inne! Und wenn zu schnell die Spannung nachlässt, ist womöglich alles ruiniert. Das sagt einem jede Erfahrung.

Am Abend ging Hastenrath in ein Lokal an der Ecke. Die Frau bleibt natürlich zu Hause. Wenn der Sohn schon tagsüber in fremde Hände muss, dann sollten sie wenigstens abends zusammen sein. Sie spielen *Verrücktes Labyrinth*, dann liest sie ihm vor, obwohl er selbst schon lesen kann. Von einem Mädchen aus dem Wald, wo seltsame Geschöpfe ihr Unwesen treiben. Das Mädchen hat auch einen Freund. Nie schläft der Sohn beim Vorlesen ein.

Hastenrath blieb genau zwei Stunden in dem Lokal, er trank drei große Bier und aß ein Baguette mit Schinken und Käse. Zu Hause sah er die Spätnachrichten, dann ging er zu Bett. Er dachte an die Frau. Als Anwaltsgehilfin sind die Aufstiegschancen gering. Nicht unwahrscheinlich, dass sie zeit ihres Lebens auf der gleichen Stelle bleibt. Doch es hat wenig Zweck zu klagen; immerhin ist im Umfeld vieles geregelt, vieles läuft ganz reibungslos ab. Andere, sagt sie sich oft, haben es schwerer.

Aber am Dienstag wird die Frau mit ihrer Freundin ins Kino gehen. Das muss jetzt einmal sein! Der Sohn übernachtet bei einem Schulfreund. Hastenrath ließ den Abend herankommen. Bevor er aufbrach, duschte er und rasierte sich ein zweites Mal. Es war voll im Kino, der Film hatte Überlänge, nach anderthalb Stunden war eine Pause. Im

Foyer fand Hastenrath die beiden Frauen auf Anhieb, langsam ging er auf sie zu, es ist eng hier, jeder will rasch ein Getränk, sie kamen recht zwanglos ins Gespräch.

Natürlich sprachen sie über den Film. Die Frau war ein wenig befangen, Hastenrath spürte es, er konnte es förmlich mit Händen greifen; immerhin, es wird jetzt bald ernst. Außerdem trug sie eine neue Frisur, und wer wüsste nicht, was das bedeutet! Bevor der Film wieder begann, fragte Hastenrath rasch, ob sie nachher noch ausgehen wollten. Die Frau sagte ja, und jetzt war er sich sicher, ein wenig Freude in ihrer Stimme zu hören. Doch leider endete dann der Film sehr traurig. Beinahe schweigend gingen sie zu dritt durch die leere Einkaufsstraße in Richtung Markt; und kaum im Lokal, sie hatten gerade Platz genommen, schaute die Frau auf die Uhr und sagte zu ihrer Freundin: Allzu lange kann ich nicht bleiben.

Hastenrath war verzweifelt. Etwas Ungeheures müsste jetzt passieren, ein Trupp Schläger hereinstürmen, ein Feuer ausbrechen, die Decke nachgeben, egal, bloß dass etwas Leben in die Sache käme, gewissermaßen. Sie bestellten Getränke, die Frau einen Tee. Da hatte Hastenrath einen Einfall. Er sprach die Frau auf Asien an. Auf Japan. Ist denn nicht Japan ihr ganzer Traum?

»Japan?«, sagte die Frau, als wisse sie nicht, worum es sich handelt.

»Ja doch, Japan!«, sagte Hastenrath. Es war laut im Lokal, beinahe hätte er es geschrien.

»Ach, Japan«, sagte die Frau. Nach Japan müsste man tatsächlich einmal reisen. Am besten gleich für ein paar Wochen.

Immerhin! Hastenrath hielt das Gespräch in Gang. Als er dabei ein wenig abschweifte, machte das gar nichts. Zuerst brachte er die Freundin zum Lachen, dann die Frau. Sie schaute ihn an; wäre da nicht die Freundin, er könnte vielleicht ihre Hand nehmen. So ging es leider nicht. Wer weiß, dachte Hastenrath, wofür das gut ist.

Als die Frauen gingen, blieb er noch in dem Lokal. Es war wie das an der Ecke, er bestellte noch ein großes Bier und ein Baguette. Kurz nach Mitternacht ging er nach Hause. Dass es Mai war, spürte man in dieser Nacht; es könnte, dachte Hastenrath, in einer Sommernacht nicht sommerlicher sein. »Dieser Duft«, sagte er laut vor sich hin. Der kommt wahrscheinlich von den Feldern und Wiesen vor der Stadt. Und aus den Wäldern natürlich. Er schloss die Haustür auf, im Treppenhaus knipste er das Licht an, in der Wohnung erwog er kurz, ein Fenster zu öffnen. Aber Vorsicht!, sagte er sich, gegen Morgen wird es gerade im Frühling empfindlich kalt.

Dann dachte er wieder an die Frau. Morgen wird sie einen harten Tag haben. Da muss sie wegen eines dringenden Falles länger in der Kanzlei bleiben. Daher wird der Sohn bei der Freundin schlafen. Doch zum Ausgleich dafür wird sie selbst ihn übermorgen dort abholen und zur Schule bringen. Obwohl das ein furchtbarer Umweg ist.

Und am Nachmittag nimmt sie sich frei, nur für ihn, für etwas Besonderes. Was sein muss, muss sein. Und für Hastenrath nur ein weiterer Beweis, dass es immer heißt: sich auf die Verhältnisse einstellen. Er wird also fragen, ob er sich anschließen darf. Er wird sogar den Transport übernehmen. Mit diesem Gedanken schlief er ein.

Zwei Tage später, um Mittag, stand er vor der Schule. Es klingelte, die Kinder kamen heraus. Es waren sehr viele, hundert oder noch mehr, aber Hastenrath erkannte den Jungen sofort. Er ist der Mutter wie aus dem Gesicht geschnitten. Am Bordstein blieb er stehen, Hastenrath trat heran. Deine Mutter, so will er beginnen, hat mich gebeten, dich abzuholen. Wir wollen heute zu dritt etwas unternehmen. Und du, wird er dann sagen, darfst entscheiden, was.

Der Junge wird in den Zoo wollen, wahrscheinlich. Gut, sagt Hastenrath dann. Fein. Das machen wir. Der Junge ist ganz aufgeregt und fragt überhaupt nicht nach seiner Mutter. Wir treffen sie am Eingang, muss Hastenrath sagen. Und wenn der Junge nicht antwortet, noch einmal: Keine Sorge, wir treffen deine Mutter am Eingang.

Doch plötzlich kamen Hastenrath Bedenken. Hoffentlich werden sie auch ein wenig Zeit für sich alleine haben, er und die Frau. Zum Reden. Vielleicht auch, um sich kurz in den Arm zu nehmen. Der Moment dafür war jetzt gekommen. Da summte tatsächlich sein Handy! Es ist natürlich die Frau. Der Fall von gestern ist noch immer nicht fertig, sagt sie. Nicht abzusehen, wie lange das dauert. Und dass es ihr furchtbar leid tut.

»Das ist dumm«, sagte Hastenrath. Er schwieg kurz. Vielleicht am Wochenende?

Ja, wenn nichts dazwischenkommt.

Hastenrath fuhr wieder nach Hause. Ein verpatzter Auftakt, dachte er. Er hatte sich alles so schön gedacht. Und dass es ohne den Jungen nicht ginge, das verstand sich ja mehr oder minder von selbst. Was da ist, ist da. Und ist nicht zu ändern. Trotzdem lag es an ihm, er hatte alles verdorben. An diesem Abend blieb Hastenrath zu Hause. Er ging in den Keller und räumte dort gründlich auf. Die Flaschen legte er in eine große Kiste, die alten Kleider in einen Sack. Sein Handy hatte er dabei, für alle Fälle.

In den Tagen danach war Hastenrath unzufrieden mit sich und der Welt. Ein paarmal war er drauf und dran, etwas Unbedachtes zu tun. Von der Arbeit ging er direkt nach Hause, um nicht auf dumme Gedanken zu kommen. Schließlich hatte er sich wieder in der Gewalt. Und endlich, ganz früh am Mittwochmorgen, schrieb er der Frau einen Brief.

Es fällt mir schwer, das zu jetzt sagen, schrieb er, aber so geht das mit uns beiden nicht weiter. Dieses Tastende, dieses Unsichere, dieses Sich-auf-nichts-Einlassen. Er schlage einen gemeinsamen Urlaub vor, wenigstens ein verlängertes Wochenende. Drei konkrete Vorschläge mache er: die See, die Berge und eine europäische Hauptstadt. Dann warf er selbst den Brief in den Briefkasten der Frau und ging zur Arbeit. Sein Handy ließ er den Tag über ausgeschaltet, abends hörte er die Mailbox ab. Er war sehr gespannt.

Und richtig! Die Frau hatte sich für eine europäische Hauptstadt entschieden, die Auswahl überlasse sie ihm. Jetzt!, dachte Hastenrath. Er leitete alles in die Wege, der Rest der Woche verging mit Warten, und am Samstagmorgen stand er, wo der Hochgeschwindigkeitszug nach Paris einlaufen sollte. Zwischen seinen Beinen der kleine Koffer, den er für kurze Reisen gekauft hat.

Die Ankunftszeit des Zuges rückte heran, drei Minuten nach seiner Ankunft wird er abfahren. Zweimal schon hatte Hastenrath geglaubt, die Frau in der Menge auf dem Bahnsteig zu erkennen, doch sie war es nicht. Er machte keinerlei Hehl daraus, dass er nervös war.

Dabei wäre es, das wusste er, außerordentlich wichtig, jetzt vollkommen ruhig zu sein. Denn ob die Reise ein Erfolg wird, kann sich schon in den ersten Minuten entscheiden. Während sie die reservierten Plätze belegten, während sie ihr Gepäck verstauten und sich dabei orientierten: Wo ist der Speisewagen? Und: Trinken wir jetzt bereits einen Kaffee, oder warten wir, bis sich das erste Reisefieber gelegt hat?

Dann lief der Zug ein, und die Frau war nicht gekommen. Hastenrath stieg in den Wagen Nummer Acht, er war zu verzweifelt, um denken zu können. Mit dem Koffer stieß er gegen die Türen, dann gegen die Lehnen der Sitze. Sein Platz war frei – und ihm gegenüber saß die Frau! War sie es wirklich? Hastenrath wusste einen Moment lang nicht, was tun und was sagen. Sie hatte wieder ihre Frisur geändert, die Haare schienen dunkler, eine Tönung vielleicht, und unter dem Make-up war die Narbe nicht mehr zu sehen. Sie lächelte ihn an. Er lächelte zurück, dann hob er den kleinen Koffer in die Gepäckablage, und der Zug rollte an.

Sie fuhren schweigend. Die meiste Zeit sahen sie zum Fenster hinaus. Bald war die Grenze passiert, der Zug erreichte seine Höchstgeschwindigkeit, das stand auf der Leuchtanzeige über der Tür. Tatsächlich flog die Landschaft nur so vorbei. Kleine Städte begannen und endeten Sekunden später; es war kaum auszumachen, dass man sich schon in Frankreich befand. Hastenrath machte eine Bemerkung in diese Richtung, die Frau sah ihn kurz an und nickte, dann wandte sie sich wieder ab. Es fiel ihm leicht, ihr Schweigen als Zeichen des Einvernehmens zu deuten.

Kurz vor Paris kamen sie dann ins Gespräch, jetzt schon völlig entspannt. »Mai in der Seine-Metropole«, sagte Hastenrath, wenn das nicht wie ein Versprechen klinge. Die Frau nickte ihm zu. Das kleine Hotel am Montmartre, der Frühling im Bois de Boulogne, im Jardin du Luxembourg. Hastenrath nannte die Namen bedeutender Männer, Maler, Sänger, Komponisten. Die Frau lachte, jetzt komme er aber mächtig ins Schwärmen!

Und dann war da, mit einem Mal, der Blick, auf den er gewartet hatte, der Ausdruck in ihrem Gesicht, der Klang ihrer Stimme. Diese bestimmte Bewegung. Jetzt, dessen war sich Hastenrath sicher, ist alles zu seinen Gunsten entschieden. Von jetzt an würde gar nichts mehr schwierig sein; ein Wort wird das andere geben. Paris, dachte Hastenrath, war die einzig richtige Lösung. Paris! – da fuhren sie auch schon in den Bahnhof.

»Paris«, sagte Hastenrath. Auch die Stadt der Liebenden. Er stand auf und griff nach seinem Koffer.

»Ach«, sagte die Frau, wie er das sage. Er half ihr mit ihrem Gepäck, sie verließen den Zug. Der Himmel über dem Bahnhofsvorplatz war wolkenlos. Sie gingen vorbei an den Arkaden, die Frau vorneweg, und Hastenrath folgte ihr im kürzestmöglichen Abstand. An der ersten Kreuzung drehte sie sich um, sie lächelte ihn an. Da war er vollends begeistert.

Ente Orange

Am Morgen wurde Kortschläger entlassen. »New economy«, sagte Dörfler. »Von wegen! Heute noch auf hohen Rossen, morgen durch die Brust geschossen.« Was solle er sonst sagen? Machen könne man da gar nichts. Der Markt habe sie einfach im Stich gelassen. Das sei jetzt die Krise. Und wie die aussehe, wisse man erst, wenn sie da sei. Kortschläger blieb vollkommen ruhig. Wenn er Dörfler wäre, würde er das Gleiche tun. So muss man denken. Dann ging er in sein Büro, seine privaten Sachen packte er in eine Plastiktüte.

Für den Abend war das große Abschlussessen im Kochseminar angesetzt. Es sollte Ente geben. Ente ist die Krönung, hatte Sven, ihr Lehrer, gesagt. An Ente könne man einfach am meisten verderben. Aber andererseits: Wenn man die Ente hinkriege – dann sei man praktisch auf alles vorbereitet.

Kortschläger überlegte kurz, ob er nicht zu Hause bleiben und sich betrinken sollte. Aber Dörfler wird sich auch nicht betrinken. Dörfler wird im Büro bleiben und sich weitere Einsparungen überlegen. Außerdem gab es nach dem Abschlussessen ein Diplom, das Kortschläger einrahmen und im Flur aufhängen wollte. Als Jux natürlich. Nein, dachte er. Nicht jetzt darauf verzichten. Er schaute noch einmal, ob er alles beisammenhatte. Dann ging er langsam zur Bushaltestelle. Heute ausnahmsweise nicht mit dem Wagen. Zur Ente gehörte schließlich ein guter Tropfen. Außerdem, wer weiß, wovon er sich jetzt noch trennen muss.

Die Teilnehmer des Kochseminars trugen alle festliche Kleidung, darüber weiße Kittelschürzen. Es herrschte die allerbeste Stimmung. Auf den Arbeitsplatten lagen acht Enten, je eine für zwei Personen. Viel zu viel natürlich, sie hatten ja auch gelernt, richtig zu portionieren; aber heute sollte es einmal nicht darauf ankommen. Sven begrüßte alle, keiner fehlte. Dann gab er den Plan aus: Zweimal Ente mit Orangensauce, zweimal mit Pfirsich, zweimal mit Ananas, zweimal mit Granatapfel.

»Und los!«, sagte Sven. »Paare bilden und anfangen mit dem Ausnehmen.«

Kortschläger stand schon neben Miriam, sie hatten das beim letzten Mal vereinbart. Miriam ist zehn Jahre jünger als er und Unternehmensberaterin. Sie hatte ihre Ente schon in der Hand, gleich neben ihr lag eine große Geflügelschere.

»Ziemlich eklig«, sagte Kortschläger, aber Miriam schüttelte den Kopf. Man müsse immer wissen, was man esse. Nur dann könne man es auch genießen. Sie nahm die Schere; gleich müsste man das Brechen der dünnen Knochen hören. Aber Miriam hielt inne. Sie sah an sich herunter. Die weißen Manschetten ihrer Bluse reichten bis fast auf die Hände.

»Machen Innereien Flecken?«, sagte sie.

Kortschläger lachte.

»Ich denke, das tun sie«, sagte Miriam. »Da ist sicher Blut dran.« Sie trat einen Schritt zurück und sah sich um. Alle anderen waren über ihre Arbeitsplatten gebeugt und schwatzten laut.

»Und sonst«, sagt Kortschläger. »Wie sieht's denn allgemein aus?«

»Normal«, sagte Miriam. »Überall Flaute, nur nicht bei uns.« Sie lachte, immer noch schaute sie auf ihre Hände. Dann band sie ihre Kittelschürze los und legte sie ab. »Eigentlich«, sagte sie, »müsste ich es hassen. Wir profitieren wie verrückt von dieser Krise. Aber ich kann doch nicht in Sack und Asche gehen, bloß weil die Börse ein paar Start-ups an die Wand drückt.« Mit schnellen Fingern öffnete sie die Knöpfe ihrer Bluse. Einen Moment lang stand sie im BH neben Kortschläger. Der BH war rot, seine Träger hatten feine Borten an der Seite.

Wie zwei Filmstreifen, dachte Kortschläger. Es war längst zu spät, um wegzusehen.

Miriam zog die Kittelschürze wieder an. »Blut an den Händen«, sagte sie, »ist kein Problem. Aber nicht an meiner besten Bluse!«

Kortschläger hielt noch immer den Atem an. Sven

hatte etwas gesagt, und alle lachten. Niemand schaute her.

»Klar«, sagte Kortschläger. »Mich haben sie übrigens heute Morgen gefeuert.«

Miriam hatte die Schere in der Hand, doch sie legte sie gleich wieder weg. Sie griff in die Ente, dann schrie sie leise. In einem durchsichtigen Plastikbeutel lagen die Innereien sauber übereinander. Miriam schüttelte den Kopf. »Traumhaft«, sagte sie, dann sah sie Kortschläger an. »Schlimm!« Sie reichte ihm ein Messer und wies auf die Orangen. »Die Schale in sehr schmale Streifen schneiden. – Schaffst du das?«

Kortschläger nahm das Messer. »Sicher«, sagte er. Auf Miriams Schulter leuchtete neben dem weißen Träger der Kittelschürze der rote vom BH.

Kortschläger suchte die größte Orange heraus. Behutsam setzte er das Messer an.

Totschläger

Im Alter von elf hatten M. und ein Freund einen dreijährigen Jungen entführt, mitten in einer Ladenpassage und praktisch von der Hand seiner Mutter. Sie hatten ein paar Stunden lang das weinende Kind hierhin und dorthin durch die Stadt gezogen, es manchmal schon, mehr aus Langeweile, geohrfeigt, bis sie endlich gar nicht mehr wussten, was sie mit ihm anfangen sollten. Schließlich, als es immer lauter schrie, hatten sie es hinaus auf einen abgelegenen Bahndamm geschleppt, halbherzig mit Steinen geschlagen und, da sie es leblos glaubten, den Körper auf die Schienen geworfen, wo ihn in der Nacht darauf eine Rangierlok in Stücke fuhr.

Diese Tat, einmal bekannt geworden, verbreitete unerhörtes Entsetzen; und als beinahe umgehend M. und sein Freund durch Videoaufzeichungen identifiziert, gefasst, festgesetzt und vernommen wurden, kam es zu furchtbaren Szenen; aufgebrachte Menschen drohten ernsthaft mit dem Lynchen. M. und sein Freund blieben daher, ungeachtet ihres geringen Alters, in haftähnlicher Verwahrung. Ihre beiden Elternpaare, Leute aus einfachen Verhältnissen und weitgehend unbescholten, flohen, als trotz einer

Nachrichtensperre ihre Namen bekannt wurden, Hals über Kopf und für immer aus der Stadt.

Zu einem regelrechten Prozess kam es, als endlich feststand, dass nur M. und sein Freund, beide strafunmündig, für die Tat verantwortlich waren, entsprechend der herrschenden Gesetze nicht. Vielmehr wurden die beiden getrennt in geschlossene Heime gebracht, weitab von der Stadt, in der sie gelebt hatten. Es sollte, was sie getan hatten, nach Möglichkeit unter den Insassen nicht bekannt werden. Das gelang freilich nicht, sofort sickerte alles durch, das Gleiche geschah nach einer Verlegung; und schließlich ließ man M. in einem Heim an der Küste, wo schon bei seiner Ankunft jeder alles von ihm wusste.

Das Leben dort war furchtbar für M. Die Erzieher gaben sich kaum Mühe, ihren Abscheu zu verbergen, die meisten schnitten ihn öffentlich; und wenn, ab und an, einer von ihnen begann, sich näher mit ihm zu befassen, so war es entweder ein begeisterter Anfänger oder einer, der bloß hoffte, irgendwelche Erkenntnisse zu gewinnen.

Für die Zöglinge war M. Abschaum, ein Nichts, weniger als nichts; sie nahmen sich jede Freiheit, ihn nach Gutdünken zu quälen. Ob unter Aufsicht oder wenn sie sich unbeobachtet glaubten, traktierten sie ihn in jeder Hinsicht; und wenn abends das Licht gelöscht wurde, folgte jeden Tag eine Stunde, die ihm ganz alleine galt. Dabei wurde zu Anfang, und in einem Grade, dass M. um sein Leben fürchtete, umgehend und ausschließlich Gewalt angewendet. Doch als die Zöglinge begriffen, dass sie dabei waren, einen vollkommen Vogelfreien viel zu rasch zu zerstören, verfielen sie auf andere Maßnahmen, und verglichen mit denen erschien M. seitdem sprachlose Gewalt immer als ein Segen. Im Kreis um ihn versammelt, beratschlagten die Zöglinge jetzt in der Stunde nach dem Lichtlöschen ganz lebhaft, welcher Benachteiligung und Herabwürdigung sie ihn am kommenden Tag aussetzen wollten, und das, obwohl ihm lange schon kaum etwas mehr vorzuenthalten oder gar wegzunehmen war. Überdies, und zu seiner besonderen Qual, taten die Zöglinge immer wieder fälschlich so, als verfinge endlich einer von M.s dauernden Versuchen, durch die schweigende Hinnahme von allem und jedem seine Lage, mag sein auch nur um eine Winzigkeit, zu verbessern.

Mit sechzehn schloss sich M. einigen an, die einen Ausbruch planten; sie nahmen ihn mit, da sie ihn, wenn sie scheitern würden, als den Anstifter ausgeben wollten. Doch gleich nach dem Entkommen löste er sich in einem Moment der Verwirrung von der Gruppe, schlug einen nieder, der ihn zurückhalten wollte; und während alle anderen noch in derselben Nacht auf dem Weg in die Stadt gefasst wurden, verbrachte er mehr als eine Woche in einem alten Öltank nahe bei dem Heim, den er nicht einmal verließ, um seine Notdurft zu verrichten. Erst als sein Proviant längst aufgebraucht war und er fürchtete, er könnte in kurzer Zeit zu schwach sein, um sein Versteck verlassen zu können, kroch er aus dem Tank. Da hatte man die Suche nach ihm bereits den Fahndungsbehörden übergeben, und unbehelligt erreichte er bei Dunkelheit die Stadt. Dort trieb er sich herum, den Rest der Nacht und den folgenden Tag. Von seinem wenigen Geld kaufte er ein paar billige Sachen, und am folgenden Abend bot er sich im Hafenviertel zur Prostitution an.

M.s erster Kunde war ein Mann, der ihm ansah, wie es um ihn stand, und ihn zu sich nach Hause einlud. Der Mann gab ihm zu essen, dann zu trinken, natürlich Alkohol; und darüber kaum mehr Herr seiner Sinne, erzählte M. in kurzen Zügen seine Geschichte. Der Mann fiel darauf, mit ungezügelter Gewalt, über ihn her, schlug ihn auch, und drohte ihm dabei, ihn sofort zu verraten, wenn er nur ein Wort davon sage. Schließlich, nach einer kurzen Überlegung, sperrte er M. in ein leer stehendes Zimmer der Wohnung. In diesem Zimmer lebte M. mehrere Monate. Der Mann machte beinahe täglich von ihm Gebrauch, gab ihm das Nötigste zum Leben, und als er sah, dass M. keine Anstalten machte zu fliehen, schloss er, wenn er ging, nur noch die Wohnungstür ab.

Eines Abends blieb der Mann ganz gegen alle Regel aus. Den Kopf an den Briefschlitz der Wohnungstür gelegt, hörte M. am nächsten Tag die Nachbarn sagen, er sei nach Aufdeckung einer seit langem betriebenen Unterschlagung verhaftet worden. M. blieb darauf regungslos in seinem Zimmer, bis ein paar Stunden später Beamte die

Wohnungstür aufbrachen. Nach einer kurzen Rangelei floh er an ihnen vorbei in Richtung Hafen, wo er versuchte, sich an Bord eines Schiffes zu stehlen. Aber die Gangways wurden gut bewacht, und noch am selben Tag wurde er in der Nähe des Bahnhofs verhaftet, als er einer Streife auffiel und sich nicht ausweisen konnte. Kurzzeitig bestand der Verdacht, er sei ein Komplize des Betrügers, doch das erwies sich rasch als haltlos. Was er sonst getan hatte, reichte im Grunde nicht zu einer Anklage. Man war bereits drauf und dran, ihn wieder dem Heim zu überstellen.

Allerdings war unmittelbar nach M.s Verhaftung öffentlich an ihn und seine frühere Tat erinnert worden. Die Zeitungen waren voller Spekulationen über sein Leben mit dem Betrüger, wieder kam es zu scheußlichen Szenen; und schließlich erhob die Staatsanwaltschaft doch Anklage wegen Widerstandes gegen die Staatsgewalt. Im eilends begonnenen Prozess sagte der Betrüger als Zeuge aus, er beschimpfte M. dabei unflätig und verstieg sich zu allerlei Vorwürfen. Denen schenkte das Gericht zwar keinen Glauben, aber unter dem Druck der Öffentlichkeit verurteilte es M., mit Hinblick auf sein Vorleben, zu einer leichten Jugendstrafe.

In der Anstalt, in die er gleich nach Urteilsverkündung aus Sicherheitsgründen gebracht wurde, und noch in der ersten Nacht, die er in einer Einzelzelle verbringen sollte, versuchte M., sich das Leben zu nehmen. Ein Wärter fand ihn rechtzeitig, er wurde auf die Krankenstation gebracht, wo er den Versuch umgehend wiederholte. Man stellte ihn mit Medikamenten ruhig. Doch als man deren Dosis reduzierte, griff M., kaum ein wenig zu sich gekommen, nach allem, um es sich in die Brust zu stoßen, oder er versuchte, den Kopf gegen Wand und Bettpfosten zu schlagen, so dass Ärzte und Psychologen trotz aller Bemühungen keine andere Lösung mehr wussten, als entweder M. in einen Dauerschlaf zu versetzen oder ihn so kurz anzubinden, dass er kein Glied mehr rühren konnte. Beides geschah denn auch im Wechsel, und während der Schlafphasen injizierte man M. eine Nährlösung sowie kräftigende Mittel.

Von alldem erfuhr aus der Presse ein Mann in dem Amt, das pro forma M.s Vormundschaft verwaltete. Nachdem er lange mit seinen Vorgesetzten verhandelt hatte, suchte er M. in der Anstalt auf. Er hatte gebeten, ihn vorzubereiten, und so fand er ihn in einer Zwangsjacke aufrecht im Bett sitzen, zu beiden Seiten je einen Wärter. Kurz sagte der Mann, wer er sei und dass er eine Vollmacht erwirkt habe, ihn, M., den er persönlich, wie er zugebe, nach allem, was er gehört habe, nur gründlich verabscheuen dürfe, zu fragen, ob es irgendetwas gebe, das seitens seiner Behörde getan werden könne, damit dieser unsägliche Zustand ein Ende nehme.

»Schiff«, sagte M. »Amerika.«

Der Mann aus dem Amt nickte. Ja. Es sei möglich, ihm Papiere auf einen anderen Namen und eine Passage nach

Übersee zu besorgen. Er selbst werde sein Äußerstes tun, dass die Öffentlichkeit davon nichts erfahre. Bedingung sei natürlich, dass er, M., niemals in seinem Leben den Versuch unternehme zurückzukehren.

M. nickte nur. Dann gab er ein Zeichen, man könne ihn losbinden. Dabei war er so entkräftet, dass er ohne den Halt seiner Zwangsjacke in sich zusammenfiel. Nachdem er ein paar Wochen seiner Strafe ohne Kontakt zu den anderen Häftlingen abgebüßt hatte, brachte man ihn eines Nachts auf ein Schiff nach Südamerika. Dort angekommen, erwartete ihn ein Angestellter der Botschaft, der ihm wortlos einen Geldbetrag übergab und eine Liste mit Schlafplätzen und Arbeitsstellen, die in Frage kämen. M. arbeitete dann als Ungelernter, zuerst im Tagebau, später in der Landwirtschaft, schließlich bei der Anlage großer Trassen. Bald erwies sich, dass er Geschick im Umgang mit schweren Baumaschinen hatte; Jahre später zog er auf ein Angebot hin hoch in den Norden, wo er beim Verlegen von Pipelines und bei der Arbeit auf Bohrinseln im Eismeer sehr viel Geld verdiente. Nach sieben Jahren ging er wieder in den Süden, gründete dort eine Baufirma in der Provinz und betrieb sie mit respektablem Erfolg. Er galt als umsichtiger Unternehmer und als fair gegenüber den eingeborenen Arbeitern.

Allerdings hatten ihm wohl die Strapazen mehr zugesetzt, als es den Anschein haben mochte. Und so starb M., gerade zweiunddreißig Jahre alt, während der Begehung eines Urwaldterrains, das zu roden war, viele Kilometer weit vom nächsten Arzt entfernt, an einem plötzlichen Anfall von Atemnot. Drei seiner Arbeiter, einfache Indios, hatten noch versucht, ihn in einem offenen Lastwagen zur nächsten Stadt zu fahren. Als sie endlich dort ankamen, war er aber schon lange tot. Der Notfallarzt des Krankenhauses berichtete später, die Indios hätten bitterlich geweint.

Schmerzpatient

An einem Donnerstag nach Kanzleischluss, Georg hatte gerade das Postamt am Hauptplatz verlassen, setzte der Schmerz schlagartig aus. Georg hatte einen Moment lang das Gefühl, nicht mehr aufrecht stehen zu können. Er stützte sich mit der rechten Hand auf ein Geländer. Alle Geräusche schienen ihm gedämpft. Es war ihm, als wäre er in Bernstein eingeschlossen, wie ein fossiles Insekt. Dann war ein Klang in der Luft wie vom Anschlagen eines riesigen Gongs, sehr weit entfernt.

Als er sicher wusste, dass er würde stehen und gehen können, trat Georg auf den Platz hinaus. Nach einigen Metern hielt er an, atmete tief durch und stampfte dann fest mit dem rechten Fuß auf den Boden. Das Stechen blieb aus; das Stechen, wie wenn ihm ein Messer in den Rücken getrieben würde. Georg lachte einmal kurz. Dann spreizte er ein wenig die Beine und ließ den Oberkörper mit vorgestreckten Armen zum Boden durchhängen. Einige Passanten blieben stehen und schauten. Natürlich würde er nicht mit den Händen den Boden erreichen, er hatte nie den Boden erreicht, nicht einmal als Junge. Aber der Schmerz war nicht mehr da: dieses dauernde Empfinden, nicht aus Fleisch und Sehnen und Knochen zu bestehen, sondern aus dünner Leinwand, Glas und trockenem Holz. Georg ließ sich noch tiefer durchhängen. Es tat nur weh, sehr angenehm weh. Der Schmerz war fort.

Georg war mit diesem Schmerz groß geworden. Er kenne ihn, sagte er immer, wie einen Freund. Sie hätten sich irgendwann einmal kennen gelernt, zuerst nur gelegentlich getroffen, später immer häufiger. Und seit langer Zeit waren sie unzertrennlich. Jetzt hatte der Schmerz ihn verlassen.

Georg wollte noch eine andere Turnübung machen, aber er war kein Turner, es fiel ihm keine ein. Und für seine krankengymnastischen Übungen hätte er sich auf den Boden legen müssen. Außerdem, wozu jetzt das? Georg holte tief Luft, dann lief er diagonal über den Platz, mit hochaufgeworfenen Knien bei jedem Schritt. Dabei atmete er laut, ein durch die Nase und aus durch den Mund. Auf der anderen Seite angekommen, sah er sich um. Ein weiter Weg, den er da gelaufen war. Er hielt den Zeigefinger an die Schläfe. Sein Puls flog. Er horchte in sich hinein. Nein, der Schmerz war nicht mehr da. Einfach nicht mehr da.

Was jetzt tun? Es war Freitagnachmittag und nichts mehr zu erledigen. Georg beschloss, das Auto stehen zu lassen und zu Fuß nach Hause zu gehen. Es war kein allzu weiter Weg. Das Viertel, in dem er wohnte, schloss gleich an die Innenstadt. Aus den ersten Gärten, an denen er vorbeiging, hörte Georg die Geräusche von Rasenmähern und Heckenscheren. Es versprach das erste schöne Wochenende im Frühling zu werden.

Fürs Erste, dachte Georg, würde er es keinem sagen. »Gut«, würde er antworten, wenn sie fragen würden, wie er sich heute fühle; und alle würden wissen, dass er sich nicht gut fühle, denn er fühlte sich niemals gut. Weiterhin würde niemand ihn bitten, etwas Schweres in den Keller zu tragen. Oder die Kippfenster im Schlafzimmer zu putzen. Am Abend, vor dem Zubettgehen, würde er wieder die beiden Spezialkissen richten, auf denen er seit Jahren schlief. Und morgen früh würde er sich wie immer zuerst sehr langsam auf die Seite und an die Bettkante drehen, dann mit den Armen seinen Oberkörper vorsichtig aufrichten und dabei die Beine angewinkelt unter der Decke hervorziehen.

Ja, das war es. Er würde warten. Auf einen Moment, an dem er, ohne ein Wort sagen zu müssen, vollkommen eindeutig beweisen könnte, dass der Schmerz ihn tatsächlich verlassen hatte. Vielleicht wäre es, wenn er mit seiner Frau zusammen an einem Mietmöbelwagen vorbeikäme. Zwei junge Leute mühten sich mit einem schweren und wertvollen Teil, schon drohte es ihnen aus der Hand zu fallen – da greift er zu und trägt es ganz allein. Oder sie säßen in einem Biergarten, eine Kapelle spielte auf, und zu ihrem Erstaunen würde er seiner Frau vorschlagen zu tanzen. Darauf zu warten musste sich lohnen.

Georg stand jetzt vor der Tür zu seinem Haus. Er trat

ein, dann bückte er sich, noch nicht ganz zur Seite gewandt, zur Post auf dem Boden. Bei dieser Bewegung, oft genug unbedacht, hatte es immer die schlimmsten Attacken gegeben. Jetzt war nichts passiert. Georg sah die Post durch, Werbesendungen und eine Rechnung, dann trat er durch den Flur ins Wohnzimmer. Seine Frau schien nicht zu Hause zu sein.

Auch gut, dachte Georg. Vielleicht hätte er sich am Anfang gleich verplappert. Er ließ sich rücklings in den Sessel fallen, in dem er immer saß, dann hängte er ein Bein über die Armlehne, das andere legte er auf den Couchtisch. So könnte er jetzt den ganzen Abend sitzen bleiben, er könnte fernsehen, bis spät in die Nacht, und ohne sich zu rühren immer tiefer in den Sessel sinken. Egal! Er war sich vollkommen sicher: Mit Leichtigkeit käme er auf die Beine.

Für gewöhnlich bezeichnete sich Georg als Schmerzpatient. Das ist ein offizieller Begriff; man benutzt ihn, wenn, wie in seinem Fall, die Befunde in einem Missverhältnis zum subjektiven Empfinden stehen. Für einen Eingriff gab es keine Veranlassung. Und lindernde Medikamente hatte er, auch da man ihm immer wieder dazu riet, nie zu nehmen begonnen; er fürchtete sehr, alles nur zu verschlimmern. Auf seinen Beruf schlug Georgs Leiden wenig durch, mehr Schonung als an seinem Arbeitsplatz hätte ihm nirgendwo zukommen können. Er besaß einen Spezialstuhl mit geneigter Sitzfläche; die Abstände zu den Platten der Tische vor ihm waren von einem Fachmann vermessen worden. Außerdem erlaubten es die Verhältnisse, dass er, wann immer es nötig wurde, aufstehen und umhergehen und sich ein wenig dehnen konnte. Wozu war er schließlich der Chef!

Jetzt wurde es ihm doch langweilig, so allein. Er suchte in der Küche nach einer Nachricht; es war keine da. Dann rief er vom Flur aus hinauf ins Treppenhaus. Keine Antwort, die Kinder waren immer seltener zu Hause. Georg ging hinaus auf die Terrasse. Als Erstes würde er vielleicht das Holzhaus kaufen, das er im Prospekt eines Baumarkts gesehen hatte, und es aufstellen, dort hinten, wo jetzt die Fichten standen. Nadelbäume gehörten sowieso nicht in einen Garten. Da musste es im Frühling überall blühen. Er sah sich mit nacktem Oberkörper die Bretter zusammentragen; am Ende säße er auf dem Dach des Holzhauses und legte die Pappen aus. Es würde darüber vielleicht zu regnen beginnen. Seine Frau würde ihn hereinrufen, um Gottes willen, würde sie sagen, der Rücken! Aber er würde lachen und ablehnen: Erst bringe ich alles zu Ende.

Georg schloss jetzt die Tür zur Terrasse. Er ging in den Keller und holte das Fahrrad hervor. Vor der Haustür stieg er auf und fuhr damit zurück in die Innenstadt. Das Fahrrad hatte er lange nicht mehr benutzt, es quietschte in den Lagern, und die Bremsen griffen kaum. Er müsste es unbedingt in die Reparatur geben; vielleicht sollte er sich überhaupt ein neues kaufen, eines mit vielen Gängen und breiten Reifen. Er würde eine Menge Geld sparen, wenn er nicht mehr mit dem Wagen in die Kanzlei fuhr.

Am Bahnhofsvorplatz musste Georg plötzlich vom Rad. Beinahe wäre er gefallen. Die Pedale zwischen den Beinen, machte er ein paar unsichere Schritte, dann stand er. Schon wurde ihm Angst. Er hielt den Atem an. Aber der Schmerz kam nicht zurück, nicht einmal eine Andeutung davon. Georg pfiff leise. Nein, der Schmerz war fort, endgültig fort. Der hatte ihn verlassen. Und wer verlassen worden ist, der weiß genau, ob der andere zurückkommt. Georg stellte das Fahrrad in einen Ständer und betrat die Bahnhofsbuchhandlung.

Ein ganzes Regal dort lag voller Herrenmagazine. Georg nahm eines heraus. Auf dem Umschlag beugte sich eine nackte Frau über einen Tisch. Die Arme hatte sie aufgestützt, mit den nach innen gekehrten Ellenbogen drückte sie ihre unglaublich großen Brüste in der Mitte zusammen; die Brustwarzen zeigten beinahe nach unten. Georg legte das Magazin zurück und nahm ein anderes. Es war in Folie eingeschweißt, auf dem Umschlag stand ein Mann über eine Frau gebeugt, ein schwarzer Balken lief quer über ihr Gesicht.

Georg verließ die Buchhandlung und betrat die Bahnhofshalle, dann stieg er hoch auf einen Bahnsteig. Gerade fuhr, ohne zu halten, ein Zug durch. Georg erinnerte sich an einen Film, in dem der Held und sein Gegenspieler auf den Wagendächern eines fahrenden Zuges gekämpft hatten. Der Gegenspieler schien schon zu triumphieren, da raste der Zug an einem Gerüst vorbei, und ein überstehender Träger schlug ihm von hinten in den Rücken, dass er entzweigerissen wurde.

Vom Ende des Bahnsteigs herab führte ein Holzbohlenweg zwischen den Gleisen entlang. Georg schlug ihn ein, und unbemerkt geriet er in einen Bereich, in dem alte Waggons abgestellt waren. Es begann ein wenig zu regnen, hörte aber gleich wieder auf. Ein Güterzug fuhr langsam heran, Georg setzte sich auf das Querholz eines Prellbocks und wartete, bis er vorbei war. Dann ging er weiter.

Zu Hause war längst alles auf sein Leiden eingestellt. Anfangs hatten die Kinder protestiert, weil Georg nicht dorthin in Urlaub fahren konnte, wohin sie wollten. Natürlich nicht in die Berge, aber eigentlich auch nicht an die See. An Schwimmen war nicht zu denken. Jetzt fuhren die Kinder immer mit Gruppen ins Ausland. Das war besser so. Warum sich auch noch den Urlaub verderben; es ließ sich ja doch nichts mehr ändern.

Als es dunkel wurde, lief Georg schon seit einiger Zeit die beiden Schienenstränge der Hauptstrecke nach Norden entlang. Er ging in sicherem Abstand zu den Gleisen, manchmal durch hohes Unkraut, manchmal über platt getretene Erde. Auf der Eisenbahnbrücke über den Kanal benutzte er den schmalen Dienstweg, zu dem der Zugang verboten war. Kurz darauf verließ er an einem Bahnübergang die Trasse. Er ging eine Landstraße entlang, immer am linken Rand. Den Gasthof sah er von weitem; er hatte viel Zeit zu überlegen, ob er dort einkehren sollte. Genau wusste er nicht mehr, wo er war.

In dem Gasthof bestellte Georg ein Bier und etwas zu essen. Er breitete eine Zeitung vor sich aus. Wieder war in einem afrikanischen Staat geputscht worden. Die alte Regierungspartei hatte man umgehend verboten und freie Wahlen angekündigt. Unter Aufsicht der UNO, hieß es jetzt, und noch in diesem Herbst; ein Bild zeigte eine Menschenmenge.

Georg aß und trank. Er war sich jetzt sicher, was er zu tun hatte. Er würde überhaupt keinen Versuch unternehmen, seiner Frau zu beweisen, dass der Schmerz ihn verlassen hatte. Keine große Tat, keine besondere Leistung. Aber irgendwann, wenn er wieder mit ihr schlief, würde er sie ohne jede Ankündigung zu einer Stellung auffordern, die völlig ausgeschlossen war. Und entweder sie begriffe es; oder nicht. Wenn nicht, würde er für immer stumm bleiben. Er winkte der Kellnerin. Sie antwortete mit einem Zeichen. Gleich sei sie bei ihm.

Georg zog sein Portemonnaie. Himmel! Am Morgen hatte ein Klient einen hohen Betrag in bar hinterlegt. Das Geld hätte Georg zu Hause im Safe deponieren müssen. Er hatte es vergessen – kein Wunder! Es war sehr viel Geld, ein ganzes Bündel der größten Note, glatt und kantig in einer Banderole.

Und das Fahrrad, dachte er, das würde so schnell auch

keiner vermissen! Das hatte Gott weiß wie versteckt in einer Ecke im Keller gestanden. Er lachte leise. Nein, es müsste allen ein Rätsel bleiben. Zumal er jetzt seine Kreditkarte nicht zu benutzen brauchte.

Georg lehnte sich zurück. Die geschnitzte Lehne schnitt ihm an zwei Stellen in den Rücken. Unangenehm, aber möglicherweise stundenlang auszuhalten. Der Schmerz war einfach weg. Georg versuchte noch einmal zu spüren, wie er gewesen war, wie genau; aber das gelang ihm schon nicht mehr. Die Kellnerin kam und brachte die Rechnung. Georg gab ihr ein hohes Trinkgeld. Sie soll sich an mich erinnern, dachte er, wenn man nach mir sucht. Danach, würde es dann heißen, habe sich die Spur verloren. Er lachte laut.

»Was ist?«, sagte die Kellnerin.

»Nichts«, sagte Georg. »Gar nichts.«

Flying Dutchman

Recknagel machte ein Kreuz auf der Liste. Das war das siebte Reisebüro, also das vorletzte. Das letzte lag außerhalb, in einem kleinen Ort, den man kürzlich eingemeindet hatte. Recknagel faltete die Liste zusammen und steckte sie in die Seitentasche seines Jacketts. Aus der Innentasche zog er eine Kopie des Artikels; es war die, auf der er die Fotos abgedeckt hatte, damit er überall darin lesen könnte.

Lehrjahre sind keine Herrenjahre. Aber die Ausbildung macht Simone großen Spaß. »Es ist toll, sich jeden Tag mit fernen Ländern zu befassen«, sagt die angehende Reisekauffrau. »Da kommt man manchmal richtig ins Träumen.«

Recknagel saß auf einer Bank am runden Platz in der Fußgängerzone. Früher hatte hier eine Ausfallstraße begonnen, jetzt war die Mitte des Platzes abgesenkt und gepflastert, am tiefsten Punkt quoll Wasser durch braun verfärbte Eisengitter. Seit einer Viertelstunde hatte niemand das Reisebüro betreten, und niemand war herausgekommen. Recknagel überlegte kurz: Ende Mai, da waren die Sommerurlaube längst gebucht, und für Last Minute war es entschieden zu früh. Außerdem herrschten flaue Zeiten.

Das bekam die Branche sicher als Erste zu spüren. Es war jetzt kurz vor halb sechs. Recknagel sah noch einmal in den Text.

Das hübsche Mädchen von nebenan. Jede Woche eine Seite. Familie, Beruf, Hobbys, welche Art von Männern sie mag und so weiter. Dazu sechs Fotos in verschiedenen Formaten. Recknagel schloss die Augen: Zwei drinnen, vermutlich in ihrem Zimmer. Eines im Wald. Zwei vor neutralem blauem Grund, wahrscheinlich in einem Studio. Und das eine am See. Im Hintergrund links ein paar Bäume, das grünliche Wasser, vorne das Ufer. So konnte das überall sein. Doch sie saß auf einem Boot, das halb an Land gezogen war. Sie saß vorn auf dem Bug, auf dem gelben, ausgeblichenen Holz, mit übereinander geschlagenen Beinen. Und neben ihrem rechten Fuß in goldenen Buchstaben der Name: *Inge*.

Recknagel sah auf. Im linken Schaufenster des Reisebüros stand ein kleiner, roter Liegestuhl auf weißem Sand, daneben lagen bunte Förmchen, eine kleine Schippe und ein paar aufgeschlagene Kataloge. Darüber ein Flugzeugmodell, mit Nylonfäden an die Decke geheftet. Ein junges Paar blieb kurz stehen und ging dann weiter.

Es war letzte Woche gewesen, in der Bahnhofsbuchhandlung. Recknagel hatte in der Illustrierten geblättert, und da war sie, seine *Inge*. Kein Zweifel möglich. Er selbst hatte den Namen mit Polsternägeln in die Bordwand geschlagen. Goldene Polsternägel mit halbrunden Köpfen.

Elf Nägel in der Höhe, fünf in der Breite, das G ein Dreiviertelkreis mit einem Balken zur Mitte.

Ob er das Schiff nicht gleich versenken wolle?, hatten sie im Club gefragt. Statt es erst dermaßen zu löchern. Und im Grunde hatten sie Recht. Doch als er dann die *Inge* zu Wasser ließ, da funkelten die runden Köpfe in der Sonne! Zugegeben, hieß es, das sei immerhin mal was Neues.

Jetzt ging die Tür zum Reisebüro. Ein Mann trat heraus in die Fußgängerzone und zündete sich eine Zigarette an. Den Kopf in den Nacken gelegt, zog er den Rauch ein. Recknagel lachte leise. Das griff jetzt um sich! Bald würden sie vielleicht auch das Rauchen auf offener Straße verbieten. Oder innerhalb geschlossener Ortschaften. Und alles den Menschen zuliebe, den Mitmenschen. Und natürlich der Umwelt.

Unten rechts schloss die Seite mit einem gelb unterlegten Kasten. Man müsse nicht in die Ferne schweifen, viele Schönheiten wohnten auch gleich um die Ecke. Wer sich bewerben wolle, solle eine möglichst aussagekräftiges Foto schicken.

Vor fünf Jahren hatte Recknagel das Boot verkauft. Der Name könne bleiben, hatte der neue Besitzer gesagt. Schon damit es keine Löcher gebe. Außerdem solle man Schiffe nicht umtaufen. Seitdem war Recknagel nicht mehr am See gewesen. Bis er dann das Foto mit der *Inge* sah. Da war er sofort gefahren. Das Boot lag noch immer am alten Steg; aber im Club hieß es, der neue Besitzer habe mittlerweile die Lust verloren. Gelegentlich kämen seine Kinder mit ihren Freunden. Allerdings zur reinen Gaudi, mit Sport habe das nichts mehr zu tun.

Recknagel hatte die Illustrierte gekauft, zusammen mit einer Tageszeitung und dem Fachblatt fürs Segeln, auf das er früher einmal abonniert war. Später hatte er alle Passagen, in denen etwas Konkretes stand, mit einem gelben Marker angestrichen. Auf der Kopie schienen sie jetzt etwas dunkler. Es waren nur drei Stellen. Vorname und Alter: Simone, 21. Beruf: angehende Reisekauffrau. Und dann noch, dass sie vor ein paar Jahren einen Unfall hatte und wie schwer sie habe arbeiten müssen, um ihren Körper wieder fit zu machen. Der Rest war Gerede. Trotzdem war sich Recknagel sofort ganz sicher gewesen. Das reicht!, hatte er sich gesagt. Das reicht allemal.

Der Mann drückte jetzt seine Zigarette an der Mauer aus und ging zurück ins Reisebüro. Recknagel wartete eine Minute, dann stand er auf und ging hinterher. An der Tür schlug eine Glocke. Er sah sich um. Es waren vier Angestellte: zwei Männer und zwei Frauen. Recknagel sagte einen Gruß. Wer denn für Bahnreisen zuständig sei?

»Ich«, sagte eine der Frauen.

Keine Zweifel, das war sie. Vor ihr, direkt neben dem Monitor, stand ein Namensschild: Simone Hinches. Recknagel nickte ihr zu. Wie ähnlich sie den Fotos sah! »Wohin soll es denn gehen?«, sagte sie.

Recknagel rückte einen Stuhl, dabei sah er sich um.

Hier also! Und alle wussten es, das war vollkommen sicher. Vor genau zehn Tagen war die Illustrierte erschienen. Und es brauchte nur einer, der sie kannte, davon erfahren zu haben, schon war es in Windeseile herum. »Nach Berlin«, sagte er.

»Und wann?« Der zweite Mann telefonierte gerade, die andere Frau schrieb etwas in ein Formular, und der, der draußen geraucht hatte, war in ein Hinterzimmer gegangen. Recknagel beugte sich ein wenig vor. »Am nächsten Dienstag«, sagte er. Wann er da los müsse, um noch vor Mittag anzukommen?

»Berlin, 30. 5., vormittags«, sagte Simone.

»Ja, genau.«

Was musste das für ein Tag gewesen sein! Recknagel hatte es sich immer wieder vorgestellt: Sie kommt ins Büro – und alle wissen Bescheid. Die Männer haben die Illustrierte gekauft, am Vortag und sicher da, wo keiner sie kennt. Unaufgeschlagen haben sie das Heft nach Hause getragen, unter dem Jackett. Kein Wort haben sie gesagt und es sich aufgespart, für den Abend. Obwohl die Spannung kaum zu ertragen war!

»Mit dem ICE?«, sagte Simone.

Recknagel nickte.

Ihrer Vorliebe für zarte und verspielte Dessous opfert Simone gerne einen Teil ihres Verdienstes. »Natürlich soll es sexy aussehen«, sagt unser schönes Mädchen. »Aber das Wichtigste ist, dass ich mich gut angezogen fühle.«

Auf dem Foto oben links, gleich neben dem Titel, saß sie auf einem Hocker, den Oberkörper zur Seite gedreht, die Beine leicht gespreizt. In der erhobenen rechten Hand hielt sie einen Spiegel, den Kopf hatte sie zurückgelegt, mit der linken stützte sie den Nacken. Ein Bett mit roter Tagesdecke ragte ins Bild, ein heller Schrank mit glatten Türen. Weiße Spitze auf brauner Haut. Wer bekommt da nicht Appetit?

Die zweite Frau stand jetzt auf und trug das Formular zu einem Faxgerät. Simone gab die Daten in den PC. »Einen Moment noch«, sagte sie.

Auf dem Tisch lag ein Stapel mit Katalogen. Recknagel nahm einen und schlug ihn auf. »Wie ist das eigentlich«, sagte er, »wenn man sich den ganzen Tag mit fernen Ländern befasst, kriegt man da nicht ziemliche Sehnsucht?«

»Klar«, sagte Simone. »Fünf Uhr siebenundvierzig.« Sie las vom Monitor ab, dabei kniff sie die Augen zusammen. »Einmal umsteigen.«

»Das ist aber früh.«

»Sie können im Zug frühstücken. Ab Duisburg. Und wo genau steigen Sie aus? Wannsee, Zoo oder Ostbahnhof?«

»Wenn ich es mir aussuchen dürfte«, sagte Recknagel. »Dann aber am See.« Er legte den Katalog wieder zurück. »Sonne, Strand, das Wasser. Vielleicht muss man dafür gar nicht weit fahren.«

»Berlin Wannsee, zehn Uhr achtundfünfzig. Soll ich es ausdrucken?«

»Bitte«, sagte Recknagel. Es dauerte ein paar Sekunden, dann griff Simone unter den Verkaufstisch und reichte ihm ein im oberen Viertel eng bedrucktes Blatt. Recknagel faltete es zusammen.

»Wollen Sie buchen?«

»Danke«, sagte Recknagel. Er müsse es sich noch überlegen. Ob denn die Auskunft umsonst sei?

»Natürlich. Und einen schönen Tag noch!«

Recknagel stand auf, grüßte und ging. Draußen auf der Straße wusste er nicht wohin. Er setzte sich wieder auf die Bank am runden Platz.

Auf dem Foto in der Mitte war Simone nackt. Sie saß auf dem Bett, die Beine angewinkelt und gespreizt, die rote Tagesdecke über der Scham zusammengezogen. Die Arme hielt sie über dem Bauch verschränkt, so dass es ihre Brüste nach oben drückte. Die rechte Brustwarze war deutlich größer als die linke. Simones Apartment ist ein gemütliches Nest. »Es ist klein«, sagt sie, »aber alles darin ist genau so, wie ich es möchte.«

Recknagel sah auf die Uhr. Es war jetzt kurz vor sechs. Wer weiß, dachte er, vielleicht hatten die Kollegen im Büro sogar gemeinsam beraten, wie man am besten mit der Sache umgeht. Lösung eins: Einer der Männer lässt sich ein Autogramm auf die Seite geben, alle lachen einmal herzlich, und dann wird nicht mehr darüber geredet. Oder noch besser, alles ganz offen, keine Verstellung; es ist ja die natürlichste Sache der Welt: Und? Was ist? Gehst du jetzt zum Film? Im Moment hat Simone keinen Freund. »Aber was nicht ist, kann ja noch werden«, sagt unser schönes Mädchen von nebenan.

Die beiden Männer traten jetzt aus dem Reisebüro. Recknagel hörte sie miteinander reden. Auf die wartete zu Hause noch immer ein besonderer Schatz. Sechsmal die Auszubildende Simone Hinches. Zweimal in und neben ihrem Bett, zweimal im Studio, zweimal in der Natur. Viermal sieht man dabei ihre Brüste, zweimal den Po, einmal mit String, einmal ohne. Und einmal die obere Hälfte ihres Schamhaares; das ist auf dem Boot, da hat sie ein Bein über das andere geschlagen. Natürlich träumt Simone von einer Karriere als Model. Aber die begeisterte Wassersportlerin bleibt realistisch. »Hauptsache, man hält sich in Form.«

Recknagel hatte das Bild am Boot eingescannt und in ein neues Foto-Programm geladen, auf dem großen Monitor sah das gar nicht so schlecht aus. Mit der Maus hatte er ihr dann einen Bikini gemalt und dafür Farben durchprobiert, am Ende hatte er ihn wieder weggenommen. Wenn Männer sie mit Respekt behandeln, ist Simone einem kleinen Flirt nicht abgeneigt. Aber mit dummer Anmache kann man bei ihr nicht landen. »Dann bin ich eine richtige Kratzbürste«, sagt die zierliche Blondine.

Jetzt kam die andere Frau aus dem Reisebüro. Sie rief noch etwas hinein, dann ging sie. Mit ein paar Schritten war Recknagel in der Tür. Die Glocke schlug wieder an.

»Noch offen?«, sagte er. Simone stand vor den Tischen, in der Hand einen kleinen Rucksack. »Oder wollten Sie gerade schließen?«

Sie schüttelte den Kopf. Ob er es sich überlegt habe?

»Was?«

»Berlin!« Sie hob die Schultern. »Am nächsten Dienstag.«

»Das haben Sie sich gemerkt?«, sagte Recknagel.

Simone ging um die Tische herum und setzte sich vor ihren Monitor. »Das dauert jetzt ein bisschen«, sagte sie. »Der muss erst wieder hochfahren.«

Recknagel setzte sich ihr gegenüber. »Was für ein Unfall war das eigentlich?«, sagte er.

Simone zog die Stirn in Falten. Der PC machte ein paar piepsende Geräusche.

»Der Unfall vor ein paar Jahren, nach dem Sie soviel Mühe hatten, wieder fit zu werden. Ein Sportunfall? Wasserski vielleicht?«

Der PC spielte eine kleine Melodie. »Ach so«, sagte Simone. »Ich verstehe.« Sie schüttelte einmal kurz den Kopf. »Ich mache kein Wasserski. Der Unfall war mit dem Motorrad.«

»Und da sind gar keine Narben geblieben?«

»Nicht der Rede wert.«

Recknagel nahm etwas aus der Innentasche seines Jacketts und legte es auf den Tisch, Simone zog es zu sich und drehte es um. Es war ein Ausdruck von dem Foto am

See, sie trug jetzt einen blauen Einteiler, hochgeschlossen und mit kleinen weißen Punkten.

»Sehr schön«, sagte sie.

»Ja«, sagte Recknagel. »Das ist nämlich mein Boot. Die *Inge*. Eine *Flying Dutchman*, sechs Meter lang, Tiefgang mit Schwert ein Meter zehn.« Er schüttelte den Kopf. »Im Grunde viel zu groß für den kleinen See.«

»Okay«, sagte Simone. »Sie wollen nicht nach Berlin. Was wollen Sie?«

Recknagel lehnte sich zurück. »Was ich will? Vielleicht, Sie nach Hause bringen.«

»Mich nach Hause bringen!« Sie nickte. »Sehe ich aus, als wäre ich verrückt?«

»Ich bin harmlos«, sagte Recknagel.

»Ja.« Sie schob das Foto zurück. »Klar. Ein ganz harmloser Wichser.«

Recknagel lachte. »Und die Herren Kollegen hier?«

Sie machte eine kleine Handbewegung. »Sollen sie doch.« Dann griff sie wieder nach dem Foto. »Ihr Boot also. Und was ist jetzt damit? Haben wir was kaputtgemacht?«

»Nein«, sagte Recknagel. »Das Boot ist verkauft.«

Simone lachte laut. »Soll ich raten. Wegen Inge?«

Recknagel schwieg.

»Sie hieß doch Inge, oder?«

»Natürlich«, sagte Recknagel. »Wie denn sonst?«

»Und?«

»Sie konnte nicht segeln. Sie hat es nie gelernt. Aber sie

mochte es, flach auf dem Bug zu liegen. Am liebsten hatte sie es, wenn bei der Wende die Fock über ihr auf die andere Seite schlug.«

Der PC spielte wieder eine kleine Melodie.

»Wissen Sie was«, sagte Simone. »Ich habe seit zehn Minuten Feierabend, und gleich fährt mein Bus. Wenn Sie mir hoch und heilig versprechen, keinen Unsinn zu machen, dürfen Sie mich zur Haltestelle bringen. Und dann vergessen wir die Sache. Einverstanden?«

Recknagel nickte. Simone schaltete den PC aus und stand auf. Dabei griff sie an ihre Hüfte. Sie stöhnte.

»Was ist?«, sagte Recknagel.

»So ein Stich. Immer wenn ich lange gesessen habe. Oder wenn ich plötzlich aufstehe.«

Recknagel machte eine Geste, als wollte er sie stützen. »Nicht«, sagte sie. »Das geht sofort wieder weg.« Sie nahm ihren Rucksack, steckte das Foto hinein, und zusammen traten sie auf die Straße. Simone schloss das Reisebüro ab, dann zeigte sie auf den runden Platz. Da müsse sie lang. Sie gingen los; doch nach ein paar Schritten blieb Simone stehen und fasste Recknagel beim Arm.

»Wie heißt du?«, sagte sie.

Recknagel lachte. »Jürgen.«

»Und wie alt bist du?«

»Achtunddreißig.«

»Okay. Und jetzt ganz im Ernst. Wie fandest du die Fotos? Gut?«

»Nein«, sagte Recknagel. »Nicht gut.«

Sie biss sich auf die Unterlippe. »Aber geil?«

Recknagel sah zu Boden. »Ich weiß nicht«, sagte er.

Simone hob eine Faust und boxte ihn vor die Brust. »Tu doch nicht so!«, sagte sie laut. »Hier!« Sie schlug auf ihren Rucksack. »Du hast es dir damit gemacht. Du hast Anziehpüppchen mit mir gespielt. Und dabei hast du es dir gemacht. Also sag schon: Sind sie geil, die Fotos?«

Recknagel sah sich um. Ein paar Leute waren stehen geblieben und schauten zu ihnen her. Sie boxte ihn noch einmal, da griff er ihren Arm. »Ich hab es nicht gemacht«, sagte er leise.

»Im Ernst? Lüg mich jetzt bloß nicht an!«

»Im Ernst.« Recknagel hob kurz die andere Hand. »Ich schwöre es.«

»Wegen dieser Inge?«

Recknagel schwieg, er hielt noch ihren Arm, und das Wasser plätscherte auf den rostigen Gittern.

»Gut«, sagte Simone. »Dann aber heute Abend.«

Er ließ ihren Arm los. »Was, heute Abend?«

Sie sah auf ihre Armbanduhr. »Ich habe jetzt Viertel nach sechs. Und du?«

»Viertel nach.«

»Dann tu es um zehn. Hörst du! Genau um zehn.«

»Nein«, sagte Recknagel. »Das kann ich nicht.«

»Wegen Inge?« Simone fasste wieder seinen Arm und schüttelte ihn. »Alles wegen Inge?«

Recknagel schwieg.

»Vergiss sie!« Simone trat mit dem Fuß auf. »Vergiss Sie. Und genau um zehn. Verstanden?«

»Gut«, sagte Recknagel. »Um zehn.«

»Und danach rufst du mich an.« Sie tippte ihm mit dem Finger auf die Brust. »Ich stehe im Telefonbuch, mein Name kommt nur einmal vor.« Sie buchstabierte ihn. »Verstanden?«, sagte sie. »Du lässt es dreimal klingeln, dann weiß ich Bescheid.«

»Und du nimmst nicht ab?«, sagte Recknagel.

»Ich bin doch nicht verrückt!« Sie verdrehte die Augen. »Komm jetzt! Sonst ist mein Bus weg.«

Recknagel griff nach ihrer Hand.

»Lass das«, sagte sie. Doch als er es noch einmal versuchte, ließ sie ihm ihre Hand; so gingen sie zur Haltestelle. Sie waren kaum dort, da kam schon der Bus.

Arbeitslos

Als das größte Unternehmen am Ort durch den Konkurs zweier seiner wichtigsten Kunden unversehens in äußerste Schwierigkeiten geriet, wurde im Zuge eines verzweifelten Sparbeschlusses der Unternehmensleitung auch der stellvertretende Finanzvorstand Schomaker entlassen. Die Nachricht traf ihn einerseits wie ein Schlag; andererseits konnte er wie kaum ein Zweiter die Unumgänglichkeit solcher Maßnahmen begreifen, und nicht nur das: In Kenntnis der geradezu verheerenden Sachlage musste er sie schlechthin gutheißen.

Wer immer also gedacht hatte, Schomaker, ein Mann von einundvierzig Jahren, unverheiratet und allein lebend, handwerklich begabt und sportlich interessiert, werde sich seine Entlassung nach immerhin fünfzehn Jahren im Unternehmen sehr zu Herzen nehmen, der sah sich getäuscht. Vielmehr nahm er offenbar das Unabänderliche und Notgedrungene als solches klaglos hin. Von der Abfindung wandte er einen kleineren Teil an eine längere Reise ins Ausland. Und als er davon, tief gebräunt und beinahe wie verjüngt, zurückkehrte, begann er umgehend mit dem Ausbau und der Renovierung des kleinen Siedlungshauses, das er kürzlich von seinen Eltern geerbt hatte.

Mehr aber sah man ihn nicht unternehmen. Jedenfalls nichts, das über die normalen Maßnahmen hinausgegangen wäre. Pünktlich zu den vorgeschriebenen Terminen suchte Schomaker den zuständigen Sachbearbeiter im Arbeitsamt auf, dort nahm er die Nachricht in Empfang, dass kein passendes Stellenangebot für ihn vorliege. Oder, aber das war erst zweimal vorgekommen, er erhielt die Aufforderung, sich um eine bestimmte Position zu bewerben; in beiden Fällen kam es allerdings nicht einmal zu einem Vorstellungsgespräch. Es hieß dann, Schomaker sei erheblich überqualifiziert. Für irgendwelche Weiterbildungsmaßnahmen kam er gar nicht in Betracht.

Das ging lange so, bis unabhängig voneinander mehrere Bekannte, Freunde im eigentlichen Sinne hatte Schomaker nicht, ihn auf seinen ihrer Meinung nach unhaltbaren Zustand anzusprechen versuchten.

»Mach was!«, sagte zum Beispiel Herbein eines Abends, als sie zusammen in der kleinen Pizzeria saßen, in der sich, da das Clubrestaurant gerade renoviert wurde, der Vorstand des Tennisvereins zu seinen Sitzungen traf.

»Was soll ich machen?«, sagte Schomaker.

Herbein schlug sich mit der flachen Hand auf den Schenkel. »Was weiß denn ich!«, rief er. »Aber so geht das nicht weiter. Du musst die Initiative ergreifen.«

»Das ist mir zu allgemein«, sagte Schomaker. Die anderen aus dem Vorstand hatten ihre Gespräche aufgegeben und sahen jetzt herüber. »Mach es konkreter«, sagte Schomaker.

»Der Uwe hat Recht«, sagte Albländer. Er betrieb zusammen mit Herbein ein Abbruchunternehmen, und seit Jahren wechselten sich die beiden als Präsidenten des Tennisvereins ab. »Du musst aktiver werden.« Herbein klatschte in die Hände. »Du musst dein Schicksal in die Hand nehmen.«

»Ihr redet«, sagte Schomaker. Der Wirt kam gerade und brachte das Essen.

»Nein«, sagte Herbein. Er schüttelte langsam den Kopf. »Wir reden nicht. Wir machen. Du«, er tippte Schomaker mit einem Finger gegen die Brust, »du redest. Statt was zu tun.« Er wickelte sein Besteck aus der Serviette. »Und jetzt wird gegessen«, sagte er.

Auf dem Heimweg nahm Albländer Schomaker beiseite. »Du kennst den Uwe«, sagte er. »Der ist manchmal etwas laut. Aber im Grunde liegt er nicht ganz falsch. Weißt du, was? Ich mache dir einen Vorschlag. Du kommst für ein oder zwei halbe Tage zu uns und guckst unserer Buchhalterin ein bisschen über die Schulter. Nach dem Motto: Vier Augen sehen mehr als zwei. Überhaupt, du kommst ja aus einem viel größeren Laden. Die kennen doch ganz andere Tricks. Es gibt auch was dafür, und das Arbeitsamt braucht nichts davon zu wissen. Na!«, er fasste

Schomaker am Arm und schüttelte ihn leicht. »Was sagst du dazu?«

»Wenn du meinst«, sagte Schomaker.

»Gott«, sagte Alblӓnder. »Das nenne ich Enthusiasmus.«

Seit diesem Tag ging Schomaker jeden Freitagnachmittag kurz nach Dienstschluss ins Büro der Buchhalterin von *Alblӓnder & Herbein* und holte sich die Vorgänge der vergangenen Woche auf den Bildschirm. Er besaß alle dafür nötigen Passwörter. Daneben stellte er sein Notebook und übertrug von Hand die wichtigsten Daten in ein Programm zur Optimierung der Bilanzrechnung. In der Regel blieb Schomaker bis etwa sieben Uhr abends im Büro. Am Montagmorgen erstattete er dann Alblӓnder telefonisch einen kurzen Bericht. »Die Maschinenstundenzahl ist zu niedrig angesetzt«, sagte er etwa. Oder: »Die langfristigen Abschreibungen stehen in einem schlechten Verhältnis zu den unvorhersehbaren Kosten. Ihr habt da einen viel größeren Spielraum.« Alblӓnder notierte jedes Mal, was Schomaker vorschlug, und gab es an die Buchhalterin weiter.

»Und?«, sagte er immer zum Abschluss. »Schon was Neues in Aussicht?«

»Nein«, sagte Schomaker dann. »Nichts für mich dabei.«

Eines Freitagabends, Schomaker saß ein wenig länger als sonst in der Buchhaltung, weil er glaubte, einen gravierenden Fehler in der Umsatzsteuervoranmeldung gefunden zu haben, ging plötzlich die Tür; und herein kam Ute, Herbeins Frau.

»Hoppla!«, sagte Schomaker. »Hab ich mich aber jetzt erschreckt.«

»Entschuldigung«, sagte Ute. »Ich hab noch Licht gesehen. Bleibst du immer so lange?«

»Nein«, sagte Schomaker. »Ausnahmsweise. Und Uwe? Nicht da?«

»Tagung«, sagte Ute. »Die Abbruchbranche trifft sich zum Stöhnen und Wehklagen. Der kommt erst am Sonntag zurück.« Sie schloss die Tür hinter sich, setzte sich halb auf den Schreibtisch der Buchhalterin und schlug die Beine übereinander. »Und?«, sagte sie. »Schon was Neues in Aussicht?«

Schomaker speicherte noch ein paar Daten ab und schob das Notebook zur Seite. »Nein«, sagte er. »Wie die Dinge momentan stehen – aussichtslos.«

Ute zog an ihrem Rock. »Vielleicht hat Uwe Recht«, sagte sie. »Vielleicht solltest du wirklich aktiver werden.«

»Ich tue, was ich kann«, sagte Schomaker.

»Okay«, sagte Ute. »Glaub' ich dir ja. Aber Uwe sagt, man braucht heute ziemlich viel Fantasie, wenn man weiterkommen will. Das ist nicht mehr so wie früher, Schritt für Schritt nach oben. Heute kann dir dauernd was passieren. Darauf muss man gefasst sein.«

»Geh mal bitte da runter«, sagte Schomaker.

Ute rutschte vom Schreibtisch. Schomaker stand auf und trat hinter sie. Sie wollte sich zu ihm umdrehen, aber er packte sie fest bei den Armen. »Nach vorne beugen und aufstützen«, sagte er. Sie tat es; er zeigte ihr, wohin sie die Hände legen sollte. Dann zog er ihren Rock hoch.

»Nicht«, sagte Ute.

Schomaker schlug ihr leicht gegen die Innenseiten der Schenkel. »Beine spreizen«, sagte er. Sie tat es. Er öffnete seine Hose; und nachdem er sich an dem schmalen Band ihres Strings vorbei in sie hinein geschoben hatte, griff er mit beiden Händen nach ihren Brüsten. Es dauerte nicht sehr lange, dann war es, kurz nacheinander, für sie beide vorbei. Schomaker brachte ihre Kleider wieder in Ordnung und setzte sich an den Schreibtisch.

»Huh«, sagte Ute. Sie strich sich eine Strähne aus der Stirn. »Davon sagen wir aber lieber nichts, oder?«

»Ich kann schweigen«, sagte Schomaker. Er zog das Notebook wieder zu sich und tippte mit dem Finger auf das Display. »Komm mal her«, sagte er, »und sieh dir das an.«

Ute trat neben ihn. »Das ist Steinzeit«, sagte Schomaker. »Anfangs ist es mir gar nicht aufgefallen. Solche Fehler machte heute niemand mehr. Wenn man hier eine andere Linie fährt, habt ihr am Jahresende mindestens fünfzigtausend mehr auf dem Konto.«

Ute beugte sich vor. »Wow«, sagte sie. »Ich habe davon gar keine Ahnung.« Sie legte Schomaker eine Hand auf die Schulter. »Aber mach' noch was aus dir«, sagte sie.

»Hörst du, in deinem Alter kann das doch kein Problem sein.«

Schomaker fuhr ihr mit der linken Hand unter den Rock und legte sie dahin, wo es feucht war. »Ich geb' mir ja Mühe«, sagte er. »Ich gebe mir alle erdenkliche Mühe.«

Attentäter

Kaum sechzehn Jahre alt, hatte Albrecht beschlossen, sein Leben ausschließlich der einen Aufgabe zu widmen, den Staat von einem kommenden Tyrannen zu befreien. Sein Grund dafür war: Ihm schienen die Ereignisse der jüngeren Vergangenheit, von denen er in der Schule und durch Filme und Bücher erfahren hatte, einerseits vollkommen unfasslich in ihrer Grausamkeit; andererseits war er sich sicher, dass das allgemeine Versagen keineswegs beendet und zumindest auf mittlere Sicht ein erneuter Ausbruch des Furchtbaren mehr als wahrscheinlich sei.

Darauf nun bereitete er sich vor. Dagegen wollte er einschreiten. Und das hielt er gar nicht für schwierig, denn er hatte für sich festgestellt, dass es in der Vergangenheit all dem Widerstand gegen die Tyrannei ganz wesentlich an Entschlossenheit und besonders an Opferbereitschaft gemangelt hatte. Daran war er letztlich gescheitert. Besonders aber die Opferbereitschaft einzuüben, dachte Albrecht, sei nicht schwer, zumal man auf diesem Felde alles mit sich alleine ausmachen könne. Wenn nur, so sagte er sich, absolut klar ist, dass es keine Alternative gibt zur vollständigen Beseitigung des Tyrannen, und wenn dabei Gedanken ans eigene Weiterleben keine Rolle mehr spielen, dann ist alles andere nur eine Frage der Durchführung und also verhältnismäßig leicht.

Seit diesem Beschluss beobachtete Albrecht aufmerksam die Entwicklungen in Politik und Gesellschaft und bereitete sich auf sein Eingreifen vor. Dabei konnte er zu seinem Glück bald das Wichtigste lernen. Er war noch Schüler, da beging eine Gruppe aus dem Untergrund heraus politische Morde; nach und nach wurden die Täter identifiziert und gefasst. Albrecht verstand da, wie wenig dienlich es seiner Sache sein würde, ein Leben in der Illegalität oder gar auf der Flucht zu führen. Es wäre stattdessen, begriff er, mehr als hilfreich, begründete er eine vollkommen unbescholtene, nach jeder Seite hin offene und von allen respektierte Existenz, aus der heraus er jederzeit mit dem höchsten denkbaren Vorschuss an Vertrauen zur Tat schreiten könnte.

Also begann er nach dem Abitur eine Banklehre, die er mit Erfolg beendete; danach wechselte er zu einem Jurastudium auf die Universität, um schließlich als schon renommierter Fachmann für internationales Finanzrecht an die Bank zurückzukehren, wo er innerhalb weniger Jahre eine einflussreiche Position in der Zentrale erreichte. Mit seinen Kollegen dort pflegte Albrecht einen guten Umgang, auch und besonders mit denen, die er am meisten im Verdacht hatte, dass sie der kommenden Tyrannei wissentlich zuarbeiteten. Er achtete auf ihre Sprache und Gebärden, einiges davon eignete er sich sogar an, um sich im gegebenen Fall noch besser tarnen zu können.

Gut hatte es sich dabei ergeben, dass bereits unter seinen Kommilitonen Jäger und Söhne von Jägern gewesen waren; und nachdem er einige Male zur Jagd eingeladen worden war, zeigte Albrecht, wenn auch verhalten, ein solches Interesse daran, dass man ihn von vielerlei Seite drängte, die entsprechenden Prüfungen abzulegen. Er gab nach, und so lernte er, ohne Aufsehen zu erregen, den Umgang mit leichten und schwereren Waffen.

Bei der Feier zu seiner Aufnahme als vollwertiges Mitglied im Jagdverein machte er die Bekanntschaft der Schwester eines Kameraden. Daraus entspann sich eine Beziehung. Anfangs war Albrecht unsicher gewesen, ob eine solche Nähe zu einem anderen Menschen sein Vorhaben nicht gefährden könnte – denn niemandem dürfte er sich ja entdecken! –, doch nach vielen Erwägungen hielt er auch eine Heirat und die Gründung einer Familie für ausgesprochen zweckdienlich und die damit verbundene Gefährdung für vernachlässigenswert.

Mit nicht einmal vierzig war Albrecht am Ziel. Seine Stellung war allseits gefestigt, erste Kontakte zum politischen Leben waren geknüpft, und die geeigneten Waffen standen bereit. Nun musste er nur noch warten. Und tatsächlich begann, wie er es vorausgesehen hatte, nach langer relativer Ruhe endlich die große Krise. Fernab zunächst, dann immer näher stürzten die politischen Systeme, gerieten Völkermassen in Bewegung, brachen Kriege aus. Sicher und längst überwunden geglaubte Fragen erschienen wieder als ungelöst, die Wirtschaft lag in der Flaute; die Ratlosigkeit war allgemein.

Von nun an achtete Albrecht auf jede Nuance. Zwar ging es ihm allein um die Spitze, um den Tyrannen, das lag in der Natur seiner Aufgabe, doch schon der Sinneswandel eines kleineren Amtsträgers war von Bedeutung, die beinahe unmerkliche Verschiebung einer Parteilinie, die Besetzung untergeordneter Posten, die diskreten Tendenzen der Rechtsprechung. Und bei solcher Betrachtung kamen ihm Stellung und Routine endlich ganz zugute. Denn längst sah Albrecht ja vieles von innen; und es gehörte zu seiner täglichen Arbeit, aus vielerlei widersprüchlichen Daten die richtigen Schlüsse zu ziehen.

Und genau daher, aus dieser Sorgfalt, rührte vielleicht sein Zögern: Denn mochten sich die Anzeichen einer baldigen Tyrannei auch mehren – nie hatte es Albrecht bislang geschienen, die Zeit für ihn sei gekommen! Und selbst als die Verhältnisse in seiner unmittelbaren Umgebung schlechter und schlechter wurden, als es Fälle von Korruption und Gewalt bereits in den obersten Etagen gab und die politische Spitze so verhasst war wie noch nie – hegte Albrecht weiter Bedenken.

Ich bin, sagte er sich jeden Morgen auf dem Weg ins Büro, eine Trumpfkarte. Und wer wusste denn schon, wie viele davon im Spiel waren? Sicher konnte einer wie Albrecht nur seiner selbst sein. Und wenn er sich zur Unzeit ausspielte, zu früh, dann könnte alles umsonst gewesen sein, alle Sorgfalt, alles Warten. Dann müsste er sogar fürchten, dass alles noch schlimmer käme, womöglich erst angestachelt und ausgelöst durch seine vergebliche Tat.

Also blieb Albrecht vorläufig still. Er wartete. Und er fand sich, dies wurde ihm Tag für Tag klarer, durch die weiterhin unablässige Verschlechterung der Verhältnisse in seiner Entscheidung, nichts zu unternehmen, vollkommen bestätigt.

PETER STAMM

»Ich bin tief überzeugt, dass wir es hier mit einem ganz wichtigen und großen Talent der deutschsprachigen Literatur zu tun haben.«

MARCEL REICH-RANICKI

72550 / € 7,00 [D]

»Eine Aura von Melancholie und Einsamkeit, die einen nicht mehr loslässt.« BRIGITTE

© Mirijam Wirz, Zürich

72750 / € 7,00 [D]

Peter Stamm legt einen brillanten Erzählband vor: coole Liebesgeschichten und spannende kriminalistische Episoden, in denen sich sein unterkühlt-karger Stil zu scharfen Momentaufnahmen verdichtet.

72995 / € 8,00 [D]

»Wie mit Langlaufskiern gleitet Stamm forschend durch die nordische Landschaft und hinterlässt in ihr eine menschliche Spur.« FACTS

btb

www.btb-verlag.de